|grafit|

Bibliografische Information der Deutschen Nationalbibliothek
Die Deutsche Nationalbibliothek verzeichnet diese Publikation in der Deutschen Nationalbibliografie; detaillierte bibliografische Daten sind im Internet über http://dnb.d-nb.de abrufbar.

© 2024 by GRAFIT in der Emons Verlag GmbH
Cäcilienstraße 48, D-50667 Köln
Internet: http://www.grafit.de
E-Mail: info@grafit.de
Alle Rechte vorbehalten
Umschlagmotiv: stock.adobe.com/Natalia
Gestaltung Innenteil: DÜDE Satz und Grafik, Odenthal
Lektorat: Dr. Marion Heister
Druck und Bindearbeiten: CPI – Clausen & Bosse, Leck
ISBN 978-3-98659-020-8
1. Auflage 2024

Gabriella Wollenhaupt

Die Toten vom Phoenix-See

Kriminalroman

grafit

Gabriella Wollenhaupt, Jahrgang 1952, hat viele Jahre als Redakteurin bei Zeitung, Radio und Fernsehen gearbeitet und sich mit dreißig Kriminalromanen um die legendäre Kultreporterin Maria Grappa in die Herzen einer großen Leserschaft geschrieben. Zusammen mit ihrem Ehemann Friedemann Grenz schreibt sie zudem historische und zeitgenössische Kriminalromane.

Nicht aus jeder Asche fliegt ein Phönix auf.
Jean Paul, aus »Dämmerungen für Deutschland«, 1809

Angekommen

Dortmund im Jahr 2008

Der Typ, der für den Campingplatz zuständig war, hauste in einem niedrigen Schuppen direkt am Eingang. Marie zählte etwa zehn Wohnwagen, die ziemlich ungeordnet über das Gelände verteilt standen. An die Tür des Schuppens war ein Schild genagelt: *Rezeption*. Sie klopfte und wartete. Nach einigen Augenblicken öffnete sich die Tür und ein Mann sah heraus. »Ja?«

Ihr schlugen verbrauchte Luft und überlaute Fernsehtöne entgegen.

»Ich komme von Günna Brummer. Er hat mir gesagt, dass Sie mir einen Wohnwagen zuweisen«, erklärte Marie.

»Ja, man hat Sie schon angekündigt.« Er wendete sich ins Innere des Schuppens und nahm einen Schlüssel vom Brett.

Der Mann trug ein ausgeleiertes Unterhemd, das über der Hose hing.

»Dann kommen Sie mal!« Dann stutzte er und fragte: »Was will die Kleine denn hier?«

Marie zog Olga hinter sich vor und meinte: »Das ist meine Tochter. Hab ich mit dem Chef abgeklärt. Sie bleibt nur einige Tage und geht dann wieder zu ihrem Vater zurück.«

Den letzten Satz hatte sie so unmissverständlich ausgesprochen, dass Paule Kuczinski – so hieß der Platzwart – nicht mehr auf das Thema zurückkam, aber er wunderte sich insgeheim. Ein kleines Kind bedeutete Scherereien, und wenn es nur die mit dem Jugendamt waren. Aber der Chef würde schon wissen, was er tat. Er musterte die Frau. Nichts Besonderes in seinen Augen. Doch für die Show hatte sie genug in der Bluse und das Haar war auch okay: dunkel, dicht und leicht gelockt.

»Darf ich?« Paule nahm der Frau die beiden Reisetaschen ab. Er war sonst nie so höflich.

Sie gingen über den Platz. Einige der Wagen schienen bewohnt zu sein. Andere waren wohl seit Wochen leer und schnell verlassen worden.

»Wir haben eine ziemliche Fluktuation«, sagte Paule. »Wenn die Mädchen genug verdient haben, hauen sie ab und hinterlassen uns ihren Müll.«

Abfallhaufen türmten sich hinter den Wohnwagen. Paule deutete darauf: »Und wer muss den wegschaffen? Na?« Er wartete Maries Antwort nicht ab und zeigte auf sich. »Ich!«

»Das tut mir leid«, sagte Marie.

Ihr fiel auf, dass auf Paules Unterarm einige Tätowierer geübt haben mussten, bevor sie durch ihre Prüfung gefallen waren.

Paule, Marie und Olga duckten sich unter Wäscheleinen her, an denen eindeutig weibliche Kleidungsstücke hingen: Slips und Büstenhalter in unterschiedlichen Größen und Formen, die wie leere Häute in der Sonne trockneten.

»So, hier sind wir.« Paule schloss einen Wohnwagen auf, der am Ende des Geländes direkt neben einem Zaun stand. »Nicht besonders chic, aber zum Schlafen und Kochen reicht es. Und die kleine Dame ...«, er deutete auf Olga, »... wird schon irgendwo einen Platz zum Schlafen finden.«

»Sie wird bei mir im Bett schlafen«, behauptete Marie. »Ich sagte Ihnen ja schon, dass ihr Vater sie in den nächsten Tagen abholen wird.«

»Leben Sie nicht mit Ihrem Mann zusammen?«

Paule konnte seine Neugier nicht zügeln. Er trat näher an Marie heran. Sie ließ es geschehen, wollte ihn nicht verärgern, aber der Geruch, den er absonderte, nahm ihr fast den Atem.

Seit ein paar Wochen war sie schon unterwegs – ohne Aussicht auf einen Job. Die Hotels, in denen sie ein Zimmer für sich und Olga bekam, wurden immer elender. Manchmal schliefen sie auch in dem klapprigen Auto, mit dem sie gekommen waren.

Der Wohnwagen war dagegen reiner Luxus: klein, aber sauber mit Kochplatte, Waschbecken und Toilette.

»Mein Mann ist auf Montage«, erklärte Marie. »Mal hier, mal da. Das ist nichts für ein kleines Kind. Olga braucht Ruhe.«

»Die hat sie hier. Die *Grotte* macht erst um sechs Uhr abends auf, aber dann geht's locker durch die Nacht.«

»Und wie sind die Gäste denn so?«, fragte sie.

»Kessel Buntes – die Malocher vom Stahlwerk, die Bauarbeiter von den Firmen, die die Häuser bauen. Und Hartzer kommen auch. Ab und zu mal ein paar klebrige Geldtypen, die dem Chef die *Grotte* abkaufen wollen, um sie abzureißen für so 'ne Nobelhütte mit Vollblick auf den See. Aber der Chef will nicht.«

»Mama, ich hab Durst«, meldete sich Olga.

»Der Kühlschrank ist rappelvoll«, verriet Paule. »Mach ich immer, wenn eine neue Dame kommt. Die Kosten übernimmt der Chef.«

»Das ist aber nett.« Marie zog die Jacke enger um sich und legte beide Hände auf Olgas Schultern.

»Für abends gibt es Petroleumlampen«, erklärte Paule. »Streichhölzer liegen auf dem Tisch, Bettzeug und Handtücher im Schrank. Wenn Sie was brauchen, melden Sie sich. Bin Tag und Nacht für Sie da, Gnädigste.«

»Ich danke Ihnen. Ich heiße übrigens Marie.«

»Ich bin der Paule. Und wie heißt das kleine Fräuleinchen?« Er legte seine Hand auf Olgas dunklen Schopf.

»Fassen Sie meine Tochter nicht an!«, blaffte Marie ihn an.

»Ist ja gut!« Paule trat betroffen einen Schritt zurück.

Als der Mann weg war, packte Marie ihre Taschen aus.

Olga saß auf der Eckbank und sah zu. »Wo soll ich denn jetzt zur Schule gehen?«

»Das werden wir noch sehen«, sagte Marie. »Wir bleiben nur ein paar Wochen hier, höchstens zwei oder drei Monate. Bis wir was anderes gefunden haben.«

Marie dachte an die letzten Tage. Wenigstens der Wagen hatte durchgehalten und die über tausend Kilometer brav heruntergeschnurrt. Olga hatte alles widerspruchslos hingenommen.

Dann waren Geld und Sprit alle gewesen. Die letzte Tankfüllung an der Autobahn konnte sie schon nicht mehr bezahlen. Zum Glück waren Sommerferien und der Trubel entsprechend groß. Sie hatte vollgetankt und war einfach davongefahren.

Kurz vor Dortmund hatte sie an einer Raststätte eine Zeitung gefunden. Marie hatte das Blatt schon zur Seite schieben wollen, als sie eine Verlagsbeilage entdeckte. Darin wurde ein neues Erholungsgebiet vorgestellt, eine künstliche Seenlandschaft namens Phoenix-See.

Im Artikel war von Arbeitsplätzen die Rede. Ein buntes Foto zeigte den künftigen See von oben – er war ziemlich groß – und am Ufer gab es Siedlungen und einen kleinen Hafen mit einem Bootsverleih. Vieles war allerdings erst in Planung.

Im Anzeigenteil fand Marie eine Stellenausschreibung: Die Bar *Zur Grotte* suchte weibliche *Table Dancer* und Kellnerinnen. Es war eine Telefonnummer angegeben. Am Ende des Gesprächs lud man sie ein, sich vorzustellen. So war Marie zur Bar gefahren. Tanzen konnte sie schließlich.

Günna Brummer, der Besitzer des Ladens, hatte sie abgecheckt und eingestellt.

Er war ein großer, stabiler Kerl Mitte dreißig, der sein Leben lang in Hörde gelebt und gearbeitet hatte. Sein Gesichtsausdruck war freundlich, wie es sich für den Besitzer einer Bar gehört, der Kunden haben will.

»Hast du schon mal irgendwo getanzt?«, fragte er.

»Nicht auf irgendeiner Bühne. Aber ich liebe Tanzen und habe ein gutes Rhythmusgefühl«, antwortete sie. »Vielleicht haben Sie erst mal ein bisschen Geduld mit mir.«

»Ich bin der Günna«, lächelte er. »Das mit dem Tanzen kriegst du schon hin. Die meisten Stammgäste sind abends eh kaputt von der Maloche und wollen keinen *Schwanensee* sehen. Zeig, was du hast, sei freundlich und hau jedem eins in die Fresse, der dich am Arsch packt. Deine Vorgängerin Tanja hat mit einigen angebandelt und ist dann einfach abgehauen. Sie hat vor dir in dem Campingwagen gewohnt. Brauchst du noch irgendwas?«

»Nein, es ist alles gut.«

Natürlich hatte Marie Günna nichts von Olga erzählt, er würde es schon früh genug erfahren und sie dann bestimmt rausschmeißen.

Aber bis dahin hatte sie hoffentlich genug Kohle zusammengekratzt, um eine Stadt weiter ziehen zu können.

Olga hatte ihre wenigen Sachen in ein Regal gelegt. »Mama, wo ist denn mein Papa jetzt?«, fragte sie.

Marie erstarrte. Es war das erste Mal, dass ihre Tochter diese Frage stellte. Sie konnte Olga nicht antworten und wollte es auch nicht.

»Das hab ich dem Mann doch nur so erzählt«, versuchte sie ihre Tochter zu beruhigen. »Damit der nicht weiter fragt. Das geht ihn nämlich nichts an.«

Olga gab sich mit der Antwort zufrieden. Andere Kinder hatten einen Papa; sie hatte eben nur eine Mama.

Olga saß auf der Eckbank und sah zu, wie ihre Mama die Kleidungsstücke einräumte.

»Vielleicht muss ich auch nicht mehr in die Schule gehen«, sagte sie.

Marie lächelte. »Das könnte dir so passen, mein Fräulein. Schule muss sein. Du willst doch was lernen, oder?«

»Ich kann doch schon alles«, erwiderte Olga. »Schreiben und rechnen.«

»Ja, das kannst du. Aber im Leben muss man nicht nur schreiben und rechnen können, sondern auch andere Dinge wissen. Aber das kriegen wir schon hin.«

»Weißt du auch viel?«

»Nein«, gab Marie zu. »Ich weiß nicht viel, und das ärgert mich sehr. Und ich werde das auch ändern.«

»Und wie?«

»Wir müssen einen Platz finden, an dem wir bleiben und glücklich sein können.«

Olga nickte. Die Vorstellung gefiel ihr.

Während des Gesprächs bugsierte Marie die Currywurst vom Kühlschrank in die Mikrowelle. Sechs Minuten bei sechshundert Watt. Und die Plastikfolie vorher anstechen. Es schmeckte besser als erwartet. Paule Kuczinski hatte gut eingekauft.

Mückentanz

Ein leichter Wind ließ die Kronen der wenigen Bäume, die hier noch nicht gefällt worden waren, vibrieren. Marie klappte den Tisch im Wohnwagen zusammen und schleppte ihn nach draußen, die Stühle folgten. Olga war aufgeregt und wollte das Gelände erkunden, doch Marie hielt sie zurück.

»Süße, dich darf niemand sehen, und wenn dich doch jemand sieht, dann sagst du ihm, dass du hier in der Nähe wohnst. Oben in Hörde.« Sie deutete auf eine Reihe älterer Häuser. »Mehr musst du nicht sagen.«

Olga nickte und setzte sich. Sie fand den Ausblick auf die riesige Baustelle hochinteressant. »Warum ist hier alles kaputt?«, fragte sie.

»Die Leute brauchen Platz für den See«, antwortete Marie. »Deshalb sind viele der Fabrikhallen abgerissen worden. Der Schutt wird dann abtransportiert. Guck mal!« Sie deutete auf eine Kolonne von Lastwagen, die sich einen Schuttberg hinaufmühte – voll beladen mit Steinen, Metallteilen und altem, verschmutztem Holz. Der Wind pustete Staub in die Luft. Es roch nach altem Öl.

»Aber hier gibt es doch schon kleine Seen«, sagte Olga und deutete auf einen Graben, der längs des Campingplatzes einiges an Wasser staute. Mücken tanzten auf der Wasseroberfläche.

»Das ist die Emscher«, erklärte Marie. »Ein kleiner Fluss. Den haben sie umgeleitet, damit sie später den See mit Wasser füllen können. Dazu kommt der Regen, der gesammelt wird. Es gibt hier überall solche Gräben. Und irgendwann wird das Wasser zusammenfließen und es entsteht ein See – so planen das die Leute hier. Die Tiere spüren das sehr schnell. Im Gebüsch brüten jetzt schon Gänse und Vögel, und Fische soll es auch schon geben.«

»Woher weißt du das alles?«

Marie lächelte und deutete auf ihr Mobiltelefon. »Das steht hier alles drin.«

»Da ist ein Vogel«, rief Olga und zeigte nach oben. Ein Falke zog seine Kreise im Himmel, schrie heiser und rüttelte in der Luft.

»Gleich stürzt er ab.« So kam es auch: Der Vogel ließ sich nach unten fallen, um schnell wieder aufzusteigen – mit einer Maus im Schnabel. Er schrie triumphierend und verschwand.

Olga folgte der Szene mit offenem Mund. In der Stadt, in der sie zuletzt gewohnt hatten, gab es nur Tauben und Krähen, die sich meist über weggeworfene Pommes oder Burgerbrötchenreste stritten.

Die untergehende Sonne färbte die Trümmer des Stahlwerks orange. Auf dem Campingplatz funzelten eilig installierte Laternen, die die Wege zu den einzelnen Wagen nur spärlich erleuchteten.

»Lass uns schlafen gehen«, sagte Marie. Olga brauchte Erholung und sie selbst war ebenfalls erschöpft. »Ab ins Bett, meine Süße.«

Bevor Marie den Wohnwagen von innen verriegelte, beobachtete sie die Umgebung. Niemand war zu sehen, keiner schlich auf dem Gelände umher. Die Musik aus der *Grotte* schallte zu ihr herüber. Nichts Wildes, Siebziger-Jahre-Schlager und ab und zu gemäßigter Pop. Fast eine Idylle.

Marie ging langsam zurück. Die Sonne war abgetaucht. Alles wird gut, dachte sie. Hier wird er uns nicht finden. Das Versteck war perfekt, das spürte sie. Sie musste sich nur entsprechend verhalten und den Menschen aus dem Weg gehen. Und auf Olga aufpassen.

Rund um den Wohnwagen war alles ruhig. Die Mitarbeiter der *Grotte*, die auch hier wohnten, kamen erst nach Mitternacht zurück. Olga lag schon unter der Bettdecke und schlief. Marie betrachtete sie. Sie war ein wunderschönes kleines Mädchen mit feinen Gesichtszügen, die sie von ihrer Mutter geerbt hatte. Ihre Figur war noch kindlich: staksige Beinchen, die einem Rehkitz gehören könnten, große braune Augen mit einem arglosen Blick. Auch die dunkelbraunen Haare hatte sie von Mama. Ein schönes Kind, das zu einer schönen Frau werden würde. So schön wie sie selbst, aber glücklich und selbstbewusst – das schwor sie sich.

Marie ging zum Waschbecken und entfernte den Autobahn- und Phoenix-Staub von ihrer Haut. Morgen würden sie ausschlafen, denn der Betrieb in der *Grotte* ging erst gegen neunzehn Uhr los.

Verrenkungen

Während Marie und Olga fest schliefen, floss das Bier in der *Grotte* in Strömen. Der Tag war heiß und die Arbeiter der Baufirmen waren durstig. Aber auch die alteingesessenen Hörder Bürger waren zahlreich vertreten – mussten sie doch aufpassen, dass die *Grotte* nicht zum Treffpunkt von Außerirdischen wurde. Außerirdische – so nannten die ehemaligen Hüttenarbeiter die Neuankömmlinge. Mit den meisten verstanden sie sich nicht, doch manchmal war so ein polierter Affe dabei, der Unterschicht-Atmosphäre schnuppern wollte. Oder ein Journalist, der zwanghaft nach Stimmungen suchte, die er später in Reportagen lebensnah schildern konnte. Die Malocher machten sich manches Mal einen Spaß – indem sie die Schreiberlinge mit erfundenen Geschichten foppten und sie abfüllten, bis sie im Morgengrauen torkelnd verschwanden.

Heute Abend saß Adam Anderson an der Bar. Er war Student und verdiente sich in den Semesterferien etwas Geld nebenbei, indem er den Abtransport des Schutts organisierte. Kein toller Job, aber immerhin besser, als bei einer Security-Firma anzuheuern. Solch einen Job hatte ihm ein Freund angeboten, aber er hatte abgewinkt. Er war weit entfernt davon, sich mit Menschen anzulegen – er studierte Philosophie und Politik und bereitete eine wissenschaftliche Untersuchung vor.

Er hatte eine Weinschorle vor sich stehen und betrachtete ohne besonderes Interesse die dilettantischen Verrenkungen von Dagmar, die an der Stange tanzte. Mehrfach hatte es schon Plumps gemacht und es hatte mageren Applaus gegeben. Irgendwie warf sie ihre kräftigen Beine mit den überschminkten Krampfadern in eine Richtung, die gerade nicht passte, und landete auf dem Boden.

Ein Gast reichte Dagmar ein Pils. Gierig griff sie danach, trank es aus und warf dem edlen Spender eine Kusshand zu. Wieder Applaus und Pfiffe. Dagmar rückte ab zur Bar, in ihren Augen standen Tränen. Sie bestellte einen Korn, kippte das Glas hinunter und feuerte es auf den Tresen.

»Noch einen!«, forderte sie.

Adam beobachtete das Desaster. Die Frau war am Ende. Sie tat ihm leid. Er ging zum Tresen und ließ sich einen Kaffee bringen. Dagmar war überrascht, als sich Adam neben sie auf einen Barhocker klemmte.

»Ist doch nicht so schlimm«, sagte er. »Morgen Abend redet schon keiner mehr drüber.«

Dagmar sah ihn an. Wollte er sie abschleppen und spielte den guten Samariter?

Sie schob den Kaffee von sich. »Nein, danke. Ich muss ins Bett. Gute Nacht, der Herr.«

Dagmar rutschte vom Stuhl und verschwand wie ein geprügelter Hund. Blicke folgten ihr und mancher Gast konnte sich eine hämische Bemerkung nicht verkneifen.

Günna Brummer, der Chef der *Grotte*, kam hinter dem Tresen hervor. »Ich hab euch etwas mitzuteilen«, rief er in den Raum. »Ab morgen wird hier eine neue Tänzerin anfangen. Eine Perle, sach ich euch. Mit der könnt ihr nicht so umspringen wie mit der Tanja. Ich sach euch nur: Lernt mal Benehmen.«

Applaus.

Adam amüsierte sich. Hier war er richtig, um seine Diplomarbeit *über die Auswirkungen des Strukturwandels im Ruhrgebiet* vollenden zu können.

Nicht dass ihm das Thema Spaß gemacht hätte. Aber Philosophie war ein Studium, in dem es auf gefällige Formulierungen und Fantasie ankam. Außerdem konnte er zwei Fliegen mit einer Klappe schlagen: Er verdiente genug Geld und konnte sich auf seinen Abschluss vorbereiten.

Arme Dienstmägde Jesu

In der Nacht wachte Marie auf. Geräusche auf dem Campingplatz. Die *Grotte*-Crew kehrte zu ihren Schlafplätzen zurück. Frauenstimmen, Männerlachen. Marie zog den Sichtschutz beiseite und blickte aus dem kleinen Fenster. Sie erkannte schemenhafte Gestalten, die mit Taschenlampen herumfuchtelten. Nach und nach leerte sich der Platz und die Leute verschwanden in den Wohnwagen.

Meine Kollegen, dachte Marie, hoffentlich komme ich mit denen klar. Aber warum nicht? Sie hatte bisher nie Probleme im Umgang mit anderen Menschen gehabt, sich immer angepasst und versucht, kein ungesundes Interesse zu erregen. Sie kleidete sich nicht aufregend, schminkte sich nur, wenn es sich nicht vermeiden ließ, und ging auf Distanz, wenn jemand versuchte, sich mit ihr anzufreunden.

Olga schlief. Ihr Atem war ruhig. Vorsichtig legte Marie sich neben ihre Tochter, die sie auf keinen Fall aufwecken wollte.

»Mama«, flüsterte Olga.

»Psst … Schlaf weiter, meine Süße.«

»Gibt es eigentlich Fische in den Seen?«

»Das weiß ich nicht. Aber wir kriegen das bestimmt raus.« Olgas Atem wurde ganz gleichmäßig.

Irgendwann fielen auch Marie die Augen zu. Dann kamen die Träume wieder. Ihr Leben in einem katholischen Kinderheim, nachdem ihre Eltern bei einer Massenkarambolage auf einer Autobahn ums Leben gekommen waren. Ein schwer beladener Lkw erfasste den Wagen und machte einen Blechhaufen aus ihm. Marie überlebte. Das alles hatte sie erst später erfahren, konnte sich aber nicht erinnern. Der Priester, der das Kinderheim als Seelsorger betreute, hatte es ihr erzählt, als sie den Kommunionunterricht besuchte. Pater Josef betreute die *Ordensgemeinschaft der Armen Dienstmägde Jesu Christi* und besuchte das Heim einmal pro Woche. Den Rest der Woche hatten die Nonnen die Macht über die Mädchen. Die Kinder wurden verprügelt, wie Gänse gestopft, wenn sie nicht essen wollten, mussten auf Kleiderbügeln stehen oder man zwang sie, ihr Erbrochenes zu essen. Die ganz Kleinen sperrte man stundenlang in einen dunklen Keller. Wenn sie wieder rausdurften, sprachen sie einige Tage nicht mehr.

Marie hatte die Jahre im Kinderheim einigermaßen unbeschadet überstanden. Eigentlich. Ihre freundliche, folgsame und devote Art gefiel den Nonnen. Sie ahnten nicht, dass in Maries Innerem Zorn, Wut und Rachegelüste tobten. Sie hasste es, sich unterzuordnen.

An dem Tag, als Marie aus dem Heim verwiesen wurde, weil sie schwanger war, und in eine Wohngemeinschaft für minderjährige schwangere Frauen umziehen sollte, haute sie ab. Sie floh in ein anderes Bundesland und kam in einer Kommune unter, die von Sozialarbeitern betreut wurde. Die Behörden suchten nach ihr, fanden sie aber nicht. Laut Unterlagen war sie von einem unbekannten Erzeuger schwanger. In der Kommune gab sie einen falschen Namen an, konnte aber keine Papiere vorweisen. Sie behauptete, ein Feuer habe alles vernichtet. Sie nannte sich Marie Schmidt. Über den Vater ihres Kindes schwieg sie eisern. Als Olga geboren wurde, halfen ihr die Frauen der Kommune. Sie meldeten das Kind nicht an und so existierte der Säugling offiziell nicht. Jahrelang ging das gut. Olga war ein wildes, neugieriges Wesen, sie liebte das Leben in der großen Gruppe, interessierte sich für die Natur, mochte Tiere, Menschen, die Sonne, den Regen und im Winter sogar den Schnee.

Doch eines Tages war alles vorbei. Marie entdeckte in einer Zeitung eine Suchanzeige. Der Inserent, der sich hinter einer Chiffre-Anzeige verbarg, suchte eine junge Frau mit Kind, die aus einem katholischen Mädchenheim verschwunden war. Das Heim befand sich in Süddeutschland und wurde von der *Ordensgemeinschaft der Armen Dienstmägde Jesu Christi* betrieben.

Sie wusste sofort, dass es Pater Josef war, der sie suchte – der Mann, den sie niemals wiedersehen wollte.

Marie legte die Zeitung beiseite. »Wir müssen los«, sagte sie zu ihrer Tochter. »Pack deine Sachen zusammen.«

»Wohin willst du?«

»In ein neues Abenteuer, meine Süße.«

Und so landeten sie ausgerechnet in Dortmund, Ortsteil Hörde. Da, wo der Konverter jeden Abend abgefackelt wurde und die Welt in einen orangefarbenen Traum tauchte.

Seeblick mit Geheimnissen

»Darf ich jetzt nach draußen gehen?«, fragte Olga nach dem Frühstück.

»Gleich. Wir müssen erst noch was üben. Ein schönes Versteckspiel. Wenn jemand an die Wagentür klopft, krabbelst du schnell unters Bett, meine Süße. Niemand darf dich sehen. So – das probieren wir jetzt mal!«

Marie klopfte an die Wand, das Mädchen ließ sich auf den Boden fallen und verschwand unter dem Bett.

»Super machst du das«, lobte Marie ihre Tochter. »Und du musst ganz leise sein, wenn jemand hier ist, sonst haben wir das Spiel verloren. Und jetzt gehen wir nach draußen. Moment, ich guck, ob die Luft rein ist.«

Marie öffnete die Tür, niemand war zu sehen. Auch die Büsche rund um das Wasser bewegten sich nicht. Kanadagänse schauten neugierig, wandten sich dann wieder der Nahrungsaufnahme zu oder putzten sich.

»Lauf schon mal vor zum Ufer«, sagte Marie. »Ich komme sofort nach. Und geh nicht zu nah ans Wasser.«

Am Rand des Sees waren viele Tonnen Kiesel abgekippt worden, so war der Abgang ins Wasser sanft und nicht gefährlich. Olga setzte sich. Ihre nackten Füße wurden heiß, wo die aufgeheizten Steine die Haut berührten. Olga betrachtete sie. Alle waren sehr sauber, manche gelblich und durchsichtig wie Edelsteine, andere dicht und weiß, und es gab auch hellgraue mit Einschlüssen.

»Sie sind schön, nicht wahr?«, fragte jemand.

Olga drehte sich um. Direkt vor der Sonne stand eine Frau. Olga sagte nichts, nickte nur.

»Bist du öfter hier?«

Olga wusste nicht, was sie antworten sollte, stand auf und blickte Richtung Campingplatz. Wo blieb die Mama?

»Du wohnst in dem Wohnwagen?«, fragte die Fremde freundlich. »Wie heißt du?«

Die zweite Frage war unverfänglich und Olga beschloss, sie zu beantworten. »Olga.«

»Ein schöner Name! Wie alt bist du denn? Nein, sag's nicht. Lass mich schätzen.« Die Frau betrachtete das Mädchen ein paar Augenblicke und sagte dann: »Na ja, zwölf Jahre bist du bestimmt schon!«

»Ich bin erst zehn«, korrigierte das Kind. »Und du?«

»Ich bin alt. Fast fünfzig Jahre.«

»Das ist wirklich sehr alt«, bestätigte Olga ernst. Die Frau lachte.

»Warum spielst du hier so allein?«, fragte sie. Olga sagte nichts.

»Etwas weiter oben gibt es eine Stelle, da liegen dickere und schönere Kiesel«, behauptete die fremde Frau. »Ich werde sie dir das nächste Mal zeigen. Ich nehme an, du kommst öfter her?«

Olga blickte zu Marie, die ein wenig näher gekommen war. »Ich weiß noch nicht«, antwortete sie schnell, ließ alle Kiesel fallen und rannte weg.

Sommerberg beobachtete, wie das Mädchen auf die junge Frau losstürmte. Frischfleisch für die Bar, dachte sie, aber neu war, dass ein Mädchen sein Kind dabeihatte. Sie würde ein Auge auf die Kleine haben, besonders abends und nachts, wenn die Tanzshow lief.

Sommerberg hatte sich in der neu errichteten Wohnanlage *Seeblick* eingemietet und jetzt wartete sie. Niemand von der Stadt legte Wert darauf, dass ihr Auftrag an die große Glocke gehängt wurde.

Die Stadt hatte den Bürgern ungetrübte Erholung, unglaublich viel Fun und ungebremsten Konsum versprochen, und das alles durfte nicht durch einen Typen Schaden nehmen, der Frauen und Mädchen beim Baden oder Auskleiden anmachte. Obwohl der See noch nicht fertig war, berichteten Frauen bereits, angesprochen worden zu sein. Es gab deshalb einige Anzeigen, aber kein Ergebnis. Sommerberg sollte die Lage unauffällig beobachten, den Mann zur Strecke bringen oder ihn wenigstens finden.

Sie sah die junge Frau und das Kind im Wohnwagen verschwinden.

Da gibt es ein Geheimnis, dachte sie. Sommerberg liebte Geheimnisse und war verrückt danach, sie zu lüften.

Nachdenklich kehrte sie in ihre Wohnung zurück, die in einer größeren Siedlung lag, in der nur gut betuchte Mieter lebten. Im Eingangsbereich gab es einen kleinen Garten, der von Kletterpflanzen überrankt war. Das alles war schon vor dem Beginn der Bauarbeiten errichtet worden. Zu jeder der Wohnungen gehörte ein Parkplatz. Da das Gebäude auf einem Hügel lag, würde der Blick auf den künftigen Phoenix-See nicht verbaut werden können, weil die Höhe der Häuser per Verordnung festgeschrieben war. Die Stadt wollte keine neue Hochhaussiedlung am Hals haben, sondern eine moderne Anlage, die Alt-Hörde aufhübschte.

Sommerberg wohnte gern hier. Sie biederte sich nicht an, hatte aber ein Talent dafür, sich in fremde Menschen einzufühlen. Diese Fähigkeit hatte ihr in ihrem früheren Beruf geholfen. Sie erkannte Lügen, bevor sie ausgesprochen wurden, hatte tröstende Worte für Gewaltopfer, die sie vom Suizid abhielten, und sie konnte hart und mitleidlos zupacken, wenn es notwendig war. Sie war klein, schlank, und wenn sie ein ärmelloses T-Shirt trug, sah man ihre trainierten Muskeln. Rappelkurzes graues Haar, eisblaue Augen und ein federnder Gang machten das Bild einer Dame mittleren Alters perfekt. Sie hatte nie geheiratet und auch Kinder gab es nicht. In ihrem Job tummelten sich hauptsächlich Männer aus der Macho-Liga mit berechtigten Minderwertigkeitsgefühlen in Sachen Bildung und Benehmen.

Schon am ersten Tag ihres Jobs bei der Polizei hatte sie dafür gesorgt, dass alle sie am zweiten Tag schon kannten: Sie entfernte die Fotos zahlreicher leicht bekleideter Damen von den Wänden der Verhörräume, in denen auch vergewaltigte Opfer vernommen wurden.

Chinesisches Interesse

Das Publikum der *Grotte* setzte sich aus Zugezogenen und Alteingesessenen zusammen. Die, die schon immer hier lebten, hatten früher im Stahlwerk Phoenix gearbeitet, das vor acht Jahren aufgegeben worden war. Chinesen hatten das Werk gekauft, tausend Arbeiter aus China bauten es ab. 2004 wurde es verschifft und in China wieder in Betrieb genommen. Dies war der größte Umzug in der Industriegeschichte weltweit. Zuvor war im Januar 2001 die Hörder Fackel gelöscht worden, was bei der »Urbevölkerung« auf geteiltes Echo stieß.

Durch den Schornstein waren die Rückstände aus der Stahlproduktion, die zuvor verbrannt worden waren, in die Luft gepustet worden und es hatte immer viel Ärger deshalb gegeben. Oft waren die Konverter kaputt, und am Morgen konnte man mit dem Finger den schwarzen Dreck von den Fenstern abwischen.

Inzwischen dachten die Männer, die in der *Grotte* saßen, eher sentimental an jene Zeit zurück, als die Häuser in orangefarbenes Licht getaucht wurden, was bei Schnee besonders romantisch aussah.

In ein paar Jahren würde das Feuer des Phoenix durch einen vierundzwanzig Hektar großen See gelöscht worden sein. Wie der geheimnisvolle Vogel aus der Mythologie hatte sich hier etwas aus der Asche erhoben, von dem noch niemand wusste, ob es besser sein würde für die Menschen. Allerdings war die Luft schon jetzt sauberer. Land, Stadt und Investoren hatten viel Geld in das Projekt gesteckt, die Grundstückspreise rund um den See waren rasant gestiegen, schicke Villen und Eigentumswohnungen waren in Planung und verkauften sich wie geschnitten Brot. Das Credo der Investoren, dass der See »das Lebens- und Wohngefühl der neuen Generation«

verwirklichen würde, hörte sich zwar gut an, doch schon jetzt bezweifelten Hobby-Experten und pathologische Miesmacher dieses Versprechen. Meckerer gab es halt immer.

Adam Anderson interessierte sich aus beruflichen Gründen für die Stimmung im traditionellen Arbeiterviertel. Er verbrachte ab und zu einen Abend in Günna Brummers Kneipe, um dem »Volk aufs Maul zu schauen«. Er hatte mit vielen Hörder Bürgern jeden Alters gesprochen und sie in den Notizen seiner Diplomarbeit in mehrere Gruppen eingeteilt. Auch die sogenannte »neue« – also junge – Generation freute sich auf den See. Sie hoffte auf eine Outdoor-Parcoursanlage, Kicker, Tischtennisplatten, Chill-out-Areas und natürlich Fast-Food-Buden mit zivilen Preisen.

In der *Grotte* saßen die Männer von damals und heute in der Bar zusammen. Sie hatten nicht viel gemein – außer dass sie allesamt Männer waren und sich sündige Nächte erhofften; zumindest in ihrer Fantasie. Für die Altbürger war der Laden eigentlich zu schickimicki. Sie standen nicht auf Caipirinhas, Erdbeer-Daiquiris oder Fingerfood, sondern eher auf Pils, Korn und Bulette. Günna bot beides an.

Der erste Abend

Die Bar war nur halb gefüllt. Es war Maries erster Abend im neuen Job. Sie saß noch in ihrer normalen Kleidung an der Bar, denn die Show sollte erst in einer Stunde beginnen.

»Was willst du trinken, Baby?«, fragte Kellner Antonio. Er musterte die Neue eingehend.

»Ein Wasser bitte«, sagte sie. »Ohne Eis.«

»Quatsch!« Antonio nahm die Campari-Flasche vom Regal. »Du machst so was zum ersten Mal, was?«

»Ich hab kein Geld, um den Drink zu bezahlen«, protestierte Marie. Sie dachte an Olga, die jetzt hoffentlich fest schlafend im Wohnwagen lag.

»Geht auf mich«, meinte Antonio großspurig. »Du bist der Ersatz für Tanja, stimmt's?«

»Ja«, nickte Marie. »Danke für den Drink. Warum ist Tanja denn so plötzlich weg?«

»Die war ziemlich durch den Wind«, erklärte Antonio.

Aus den Boxen erklang schwülstige Musik.

»Was ist passiert?« Marie drückte die Zitronenscheibe über dem Glas aus.

»Die wurde von so einem Typen verfolgt. Ein Irrer. Wir nennen ihn den Spanner vom See.«

»Und was ist das für ein Kerl?«

»Irgend so ein Sittenstrolch«, antwortete Antonio. »Die Bullerei schleicht in der Nacht hier rum. Aber geschnappt haben sie ihn noch nicht. Also pass auf dich auf, Baby.«

»Wo bleibt der Korn?«, krakeelte ein Gast.

Der Kellner machte sich davon.

Günna Brummer ließ Marie nicht aus den Augen. Ob ihre Schüchternheit nur gespielt war? Er kannte viele Frauen und wusste, was sie sich einfallen ließen, um einen Mann um seinen Verstand und dann sein Geld zu bringen. Sie würde schnell merken, dass die *Grotte* das falsche Revier war, um Männern die Kohle aus dem Kreuz zu leiern.

Marie nippte an dem Campari.

Ihr Blick schweifte durch die *Grotte* und blieb an Adam hängen. Ihre Blicke trafen sich. Die Sekunden wurden lang und toxisch. Als Erste wandte sich Marie ab. Bloß nicht, dachte sie. Nie wieder würde sie einen Mann in ihr Leben lassen.

Pommes und Buletten

»Du kannst dich schomma umziehen«, unterbrach der *Grotte*-Chef Maries Gedanken. »Die Klamotten liegen im Abstellraum hinter der Küche. Ich hab sie reinigen lassen. Falls du noch was brauchst, dann sag's mir.«

»Vielen Dank«, sagte Marie. Ihr künftiger Chef schien nett zu sein. Er war groß, glatzköpfig und schob einen Bierbauch vor sich her.

»Und nimm die Maske erst am Schluss ab. Das funzt! Die Kerls werden sabbern«, sagte Günna voraus.

Das will ich mir lieber nicht vorstellen, dachte Marie. Sie ging nach hinten durch die Küche. Pommes tanzten im Fett und Buletten bräunten in einer riesigen Pfanne. Eine Küchenhilfe wusch Salat mit einer Hand und rührte mit der anderen in einem großen Topf mit Currysoße. Der Geruch war angenehm und Maries Magen knurrte.

Im Abstellraum suchte sie den Spind, der ihr zugeteilt worden war. Man hatte sogar ein Schild mit ihrem Namen auf die Tür geklemmt. Darunter entdeckte sie das Schild ihrer Vorgängerin: Tanja, der Frau, die schon nach drei Wochen das Etablissement fluchtartig verlassen hatte und bis heute nicht mehr aufgetaucht war.

Tanjas Sachen passten ihr: die schwarze Strapskorsage, die den Busen hochdrückte, die Taille noch schmaler machte und den Hintern überbetonte.

Marie setzte sich vor den Spiegel, um sich zu schminken. Die Utensilien, die sie fand, waren gebraucht, stammten wohl von der verschwundenen Tänzerin: tiefschwarzes Augen-Make-up mit Goldglitzer, dunkellila Lipgloss, zahlreiche Spangen und Gummis und ausgeschnittene Schminktipps aus einschlägigen Frauenzeitschriften.

Die oberen Atemwege

Sommerberg zog die Tür der *Grotte* auf und schlenderte zum Tresen. Frauen in fortgeschrittenem Alter waren hier selten, doch die Männer hatten sich an Sommerberg gewöhnt. Die Stammgäste kannten sie. Sie blieb nie lange, trank zwei oder drei Pils, kippte einen Magenbitter runter und machte ab und zu eine Bemerkung zum laufenden regionalen Fernsehprogramm, das die Zuschauer in Sachen Phoenix-See auf dem Laufenden hielt. Heute Abend berichtete der Sender von einer Bürgerversammlung, in der es um die Schadstoffe ging, die seit 1841 hier im Boden entsorgt worden waren. Vor der Glotze hatten sich einige Gäste versammelt.

Die Vertreter der Phoenix-See-Entwicklungsgesellschaft bekamen in dem TV-Beitrag ordentlich Gegenwind von den Bürgern.

»Ihr habt doch schon alles versaut hier«, schimpfte eine ältere Frau in Kittelschürze. »Jeden Tach wurde der Filter ausgeschaltet und wir erstickten in dem Dreck vom Stahlkochen. Staub überall – auf den Straßen, den Häusern und in den Gärten.«

»Und bei Regen wurden die Schwermetalle in den Boden eingewaschen«, zeterte ein Alt-Hörder. »Nicht mal unser eigenes Gemüse durften wir essen.«

»Die Emissionen legen sich wie ein Leichentuch über die gesamte Gegend«, schimpfte eine weitere Bürgerin in die Kamera. »Morgens muss ich schwarzen Staub von der Fensterbank wischen, weil der Konverter mal wieder kaputt war. Und jetzt baut ihr den Großkopfeten Paläste hierhin.«

Danach kam ein Kinderarzt zu Wort, der in den letzten Jahren im Auftrag einer Bürgerinitiative rund tausend Kinder untersucht hatte, die in der Nähe des Stahlwerks wohnten. »Sie leiden überdurchschnittlich häufig an Infektionen der oberen Atemwege und an allergischen

Erkrankungen. Auch Neurodermitis tritt in Hörde bei Kindern auf, die eine sehr hohe Chromkonzentration im Urin aufweisen.«

Günna Brummer drückte die Fernbedienung und schaltete den Film aus.

»Immer diese Scheißhausparolen«, schimpfte er. »Das wird richtig chic hier, Leute. Und ich bau mir 'n geilen Schuppen mit allem Pipapo, wenn die Luxusvillen hier erst ma stehen. Und jetzt …«, er winkte Marie zu sich, »… kommen wir zum gemütlichen Teil. Das hier ist Marie, die neue Tänzerin in der *Grotte*.« Er zog sie an sich heran. »Isse nicht sauber, die Maus?«

Applaus und Gejohle.

»Die Maske nimmt die Marie gleich ab. Und jetzt picheln wir einen. Willkommen, Marie!«

Er gab dem Kellner ein Zeichen. Antonio holte eine Flasche Sekt aus der Kühlung, öffnete sie und goss dann drei Finger hoch Cassis ins Glas, Sekt drüber und fertig war der erste *Soixante-neuf*. Weitere folgten, der Sekt perlte über die Bartheke und verteilte sich auf dem Steinboden. Der rote süße Likör verursachte Flecken auf so manchem Gästehemd. Wie Blutflecken, dachte Marie panisch, als habe jemand ein Messer gezogen. Sie atmete tief. Zum Glück konnte niemand ihre Angstattacke bemerken, weil sie die Maske trug.

Sommerberg bemerkte, dass die Hände der neuen Tänzerin zitterten.

Auch Adam bemerkte Maries Unsicherheit. Obwohl er sie nur einmal kurz gesehen hatte, wusste er trotz Maske, wer sie war. Zufällig stand er neben Sommerberg und sagte: »Sie sieht aus, als hätte sie Angst.«

»Ja. Ihr erster Abend. Sie tut sich noch schwer, aber das gibt sich bestimmt noch. Die Gäste hier sind doch eigentlich ganz lieb.«

Laszive Musik ertönte, dämpfte die Geräuschkulisse der feiernden Gäste, die Marie beobachteten.

»Burlesque-Style«, stellte Sommerberg fest. »Die Bezeichnung steht für selbstbewusste Eleganz, verführerische Weiblichkeit und ein kleines Stück Schlüpfrigkeit.«

»Was Sie alles wissen«, lächelte Adam. »Ich heiße übrigens Adam.«

»Und ich bin Sommerberg.«

»Hast du keinen Vornamen?«

»Nein!«

Adam und Sommerberg setzten sich an einen Tisch, der den Blick auf Marie zuließ. Er war neugierig, spürte, dass diese ältere Frau weder zu den traditionellen Malochern noch zu den Schickimickis gehörte, die wie ein Vogelschwarm in Hörde gelandet waren – auf der Suche nach einer Luxuswohnung mit Blick auf den See. Vielleicht könnte sie eine wichtige Protagonistin für seine Diplomarbeit werden.

Sommerberg bemerkte Adams Interesse an der neuen Tänzerin und sie konnte nachvollziehen, warum er angetan war. Sie tanzte mit sicheren und femininen Gesten, ihre Bewegungen waren harmonisch und koordiniert, bestens auf die laszive Musik abgestimmt.

Die männlichen Gäste bemerkten, dass hier etwas Besonderes vor sich ging. Die Typen an den Tischen und am Tresen guckten und guckten, aber keiner traute sich, die Frau anzusprechen oder blöd anzumachen.

Paule Kuczinski, der Typ vom Campingplatz, saß mit Stielaugen am Tisch – hackenstramm und auf eine seltsame Art ergriffen. Günna, der Wirt, lehnte sich neben Sommerberg an den Tresen.

»Die hat was«, sagte Sommerberg.

»Ja. Fragt sich nur, was«, erwiderte Günna trocken.

Adam trank einen Wein nach dem nächsten, aber schmecken wollte es ihm nicht. Irgendwann wirbelten seine Gedanken durcheinander.

Maries Show neigte sich dem Ende zu. Ihre Bewegungen wurden langsamer. Schließlich verbeugte sie sich vor ihrem Publikum. Applaus. Sie entfernte ihre Maske und zeigte ihr Gesicht. Noch mehr Applaus. Sie lächelte in die Runde und verschwand Richtung Garderobe – nicht ohne ein paar Handküsse in Richtung der Gäste zu werfen.

Das Wichtigste hatte Marie jedoch vergessen. Normalerweise klapperten die Tänzerinnen der *Grotte* die Besucherreihen ab, um ein paar Scheine zu sammeln und vielleicht ein Date auszumachen.

Sommerberg verließ den Tresen und ging zu den Männern. »Sie hat mich beauftragt, das Trinkgeld einzutreiben«, sagte sie. »Los, Jungs, lasst euch nicht lumpen. Die Kleine hat das klasse gemacht, das findet ihr doch auch. So – und nun raus mit der Kohle.«

Private Dienstleistungen

»Hundert Euro!« Sommerberg legte Marie das Geld auf den Tisch der Abstellkammer.

»Ich kenne Sie doch, Sie sind die Frau vom See«, sagte Marie.

»Genau. Ich habe für Sie gesammelt«, erklärte Sommerberg. »Die Jungs waren hin und weg von Ihrem Tanz. War mal was anderes als das ungelenke Rumgezappel, das man sonst hier zu sehen bekommt.« Eine dicke Blondine mit kolossalen sekundären Geschlechtsmerkmalen war ebenfalls im Raum. Sie trank eine Tasse Kaffee und schaute Marie direkt an.

»Sie sind also die Neue«, lächelte sie böse. »Ich bin die Sabrina.« Ihr Blick fiel auf das gesammelte Geld und sie riss die Augen auf.

»Hallo, Sabrina.«

»Ich hab schon von Ihnen gehört«, grinste Sabrina. »Was macht Ihre Tochter? Hab gehört, sie ist auch hier. Schläft wohl schon tief, was?«

»Das ist nicht meine Tochter, sondern meine Nichte. Sie besucht mich nur kurz«, log Marie. »Es sind ja noch Ferien und danach ist sie wieder weg.«

»Ja, ja ... Kinder hat Paule nicht so gern und Günna schomma gar nicht«, machte Sabrina weiter. »Kinder machen Ärger, sachta imma. Und nun sach ma, wie lange willst du hier bleiben?«

Sommerberg bemerkte, dass Marie sich unwohl fühlte.

»Schönen Abend noch!«, rief sie Sabrina zu und drückte sie mit dem Arm zum Ausgang.

»Fass mich nicht an«, zischte diese.

Sommerberg öffnete die Tür, drückte die Klinke nach unten und stieß mit dem Fuß dagegen. »Und nun mach endlich die Klappe zu – aber von außen.«

Sabrina zog ab.

»Danke. Ich weiß nie, was ich sagen soll, wenn ich so ausgefragt werde«, gestand Marie. »Besonders, wenn es um Olga geht. Ich hatte nicht damit gerechnet, dass es sich so schnell herumspricht, dass sie hier ist.«

»Sie tun Ihrer Tochter keinen Gefallen, wenn Sie sie von der Außenwelt fernhalten. Irgendwann muss sie ja wieder zur Schule gehen. Oder wollen Sie die Kleine im Wohnwagen einsperren?«

»Aber nein«, widersprach Marie. »Wir mussten schnell weg, sind schnell verschwunden und können nicht zurückkehren. Niemand weiß, wo wir sind.«

Sommerberg dachte nach. Marie hatte massive Probleme und schien Angst zu haben. Aber warum und vor wem?

»Sie können mir vertrauen«, sagte sie. »Ich wohne allein, und Olga kann mich besuchen, wenn sie nicht allein bleiben will. Aber ich würde gern wissen, vor wem Sie auf der Flucht sind ... und Ihnen helfen, wenn ich kann.«

Marie betrachtete Sommerberg. Konnte sie ihr wirklich vertrauen? Sie sah eine Frau von Mitte bis Ende vierzig, die in sich zu ruhen schien. Selbst die Malocher in der *Grotte* fraßen ihr aus der Hand und behandelten sie mit Respekt.

»Überlegen Sie sich das«, schlug Sommerberg vor. »Eine Freundin wie mich zu haben wäre eine gute Idee. Ich mag Sie und die Kleine. Entscheiden Sie sich und lassen Sie es mich wissen.«

Am nächsten Tag klopfte Sommerberg an die Tür des Wohnwagens. Es war Mittag. Nach einer Weile öffnete Marie und blinzelte in die Sonne.

»Hallo, Marie«, sagte Sommerberg. »Ich darf Sie doch so nennen? Ich wollte Olga zu einem Spaziergang einladen. Und danach essen wir ein Eis, oder?«

Olga strahlte.

»Kommen Sie rein.«

Marie sah, dass Sabrina etwa dreißig Meter vor ihrem Wagen in der Sonne saß und rauchte. Sie schloss die Tür und sagte: »Komm raus, Olgalein.«

Und schon kam erst eins, dann das zweite Kinderbein unter dem Bett hervor, Körper und Kopf folgten.

»Ich finde es nett, dass Sie sich um uns kümmern«, sagte Marie verlegen. »Kann ich Ihnen was anbieten? Einen Saft vielleicht?«

»Lassen Sie mal. Sie müssen schlafen.«

Sommerberg bemerkte, dass Marie ungewöhnlich schön war – auf eine unaufdringliche, natürliche Art. Ihre Kleidung war billig, doch sie trug sie mit einer gewissen Eleganz. Um den Hals lag eine Kette mit einem schweren silbernen Amulett.

Sommerberg schaute durchs Fenster. »Sabrina ist gerade in ihrem Wagen verschwunden. Die Luft ist also rein. Sie können in Ruhe schlafen und ich passe auf Ihre Tochter auf. Ich wohne in dem Haus dort oben. Dort kann Olga spielen, lesen oder Tiere beobachten.« Sie deutete auf ein Gebäude, das oberhalb des Campingplatzes lag. Es war kaum zu erkennen, denn rundherum wucherte wildes Grün.

»Hier ist meine Handynummer.« Sie reichte Marie eine Visitenkarte. Darauf war zu lesen: *Sommerberg – Private Dienstleistungen.*

»Dienstleistungen?«, fragte Marie.

»Sozusagen Mädchen für alles«, lächelte Sommerberg. »Dazu gehört auch, auf kleine Mädchen aufzupassen.«

Eine neue Freundin

Marie sah Olga und Sommerberg nach, wie sie – Hand in Hand – den Campingplatz verließen. Ja, sie konnte dieser Frau vertrauen, da war sie sicher. Sie schaute auf die Uhr – genug Zeit, um sich auszuschlafen, bevor ihre Arbeit in der *Grotte* begann. Sie räumte die Klappstühle zusammen, lehnte sie an den Wohnwagen und verschwand im Inneren. Die Vorhänge waren noch zugezogen, das Bett aufgedeckt. Sie wusch sich und legte sich hin. Der Himbeergeruch von Olga steckte im Bettzeug. Sie schnupperte den Duft ein und ein liebevolles Gefühl überkam sie, doch die Angst vor der Zukunft kam schnell zurück. Wie würde ihr Leben und das ihrer Tochter weiter verlaufen?

Irgendwann dämmerte sie weg, wurde aber plötzlich durch ein merkwürdiges Geräusch am Fenster geweckt. Sie erstarrte, zog die Decke über den Kopf, wagte nicht, sich zu bewegen. Das Gekratze hörte nicht auf. Marie überwand sich, kroch aus dem Bett und schlich zum Fenster, das schräg gestellt war. Die bunte Gardine bewegte sich. Jemand versuchte, sie zur Seite zu ziehen, vermutlich um zu überprüfen, ob sich jemand im Wagen befand.

Mit einem Ruck schob Marie den Stoff beiseite und blickte nach draußen: Eine große Gestalt rannte weg und verschwand im Gestrüpp.

Marie zitterte. Sie brauchte eine Weile, um sich zu beruhigen. Wer trieb sich auf dem Campingplatz herum? Wurde er nicht bewacht? Hatte er sie etwa gefunden?

Sie wählte die Nummer von Sommerberg und berichtete ihr, was passiert war. Doch die beruhigte sie.

»Vielleicht hat irgendwer jemanden gesucht. Paule will nicht, dass die Wohnwagen mit Namensschildern beklebt werden. Um die Mädels zu schützen. Manche Kerle glauben nämlich, dass sie gewisse

Rechte hätten, wenn sie nach der Show einen Zehner abdrücken. Machen Sie sich keine Sorgen.«

»Könnten Sie Olga begleiten, wenn Sie sie zurückbringen?«

»Ja, ich bringe sie wohlbehalten zurück.«

So kam es auch. Olga war voll von neuen Eindrücken. Sie hatte Vögel beobachtet, mit Sommerbergs Katze geschmust und die Sonne hatte ihr etwas Farbe verliehen. Alles war gut.

Marie merkte, dass sie glücklich war. Sommerberg hatte eine Flasche Prosecco mitgebracht, und die beiden stießen an.

»Magst du mich nicht duzen?«, fragte sie.

Marie stimmte zu. Endlich hatte sie eine Freundin.

Der Blick von oben

Langsam begannen sich Unternehmen und Kleingewerbe für den Phoenix-See zu interessieren. Als Erstes wurde ein Parkhaus mit sechzig Stellplätzen geplant, Arztpraxen und Büros sollten entstehen. Ein Steakhaus, ein Eiscafé und eine Bäckerei mit Frühstücksbüfett. Ärzte, Apotheken und ein Burgerrestaurant hatten schon Verträge abgeschlossen. Die besten und teuersten Villen mit unverbaubarem Blick auf den See waren schnell verkauft.

Dann gab es Ärger im Rat. Die SPD erinnerte an den ursprünglichen Plan, das Phoenix-Projekt in den Arbeiterstadtteil und das bestehende soziale Leben zu integrieren. Aber die Häuser und Wohnungen waren einfach zu teuer. Man bezeichnete die alteingesessenen Hörder Bürger als »Verlierer des Strukturwandels«.

Schließlich plante man eine Häuserreihe direkt an einer viel befahrenen Straße in Seenähe – nur, dass man das Seewasser erst sehen konnte, wenn man aufs Hausdach kletterte. Dort hatte man einen prima Blick auf die Moschee gegenüber und konnte dem Muezzin bei seinem Gesang folgen.

Von alldem las Marie in der Zeitung. Sie war zufrieden, dass sie mit ihrem Job klarkam, dass Olga viel Zeit bei Sommerberg verbrachte. Den Mann, der um ihren Campingwagen herumgeschlichen war, hatte sie verdrängt.

Auch in der *Grotte* klappte es gut. Marie hatte Günna einen orientalischen Schleiertanz vorgeschlagen, um etwas Abwechslung in die Tanzerei zu bringen. Er stimmte zu und besorgte orientalische Musik. Jetzt wickelte sie sich allabendlich aus sieben großen durchsichtigen Tüchern und hatte dann immer noch genügend Stoff am Leib, um sich nicht wie eine Nackttänzerin vorzukommen. Die Trinkgelder wurden in einen Korb gelegt, mit dem Marie nach dem Tanz bei den einzelnen Gästen vorbeiging. Die beiden Tanzmädchen Dagmar und Sabrina hatten zwar über die Extrawurst gemault, sich aber dann gefügt. Sabrina hatte zwar noch versucht, eine Cowgirl-Nummer mit knallender Peitsche zu kreieren, doch die war schon am Premierenabend von Günna gecancelt worden. Da sich Sabrina erotisch auf einem echten Pferdesattel rekeln wollte – sie hatte ihn beim Ponyverleih am gegenüberliegenden Seeufer ausgeliehen –, trat bei einigen Herren des Publikums eine spontane Pferdehaarallergie auf, die zu unschönen Hustenanfällen führte, die den Konsum von Getränken eher hemmte als stimulierte.

Sabrina war frustriert und fühlte sich gedemütigt.

Eines Tages blieb sie ohne Entschuldigung ihrer Schicht fern. Auch danach hörte man nichts von ihr. Günna klopfte an Sabrinas Wohnwagen und rief ihren Namen. Keine Reaktion.

Günna bat Paule, den Zweitschlüssel zu holen. Er öffnete die Tür. Die Luft war verbraucht und es stank. In einer Pfanne auf der Kochplatte waren zwei Bratwürste totgebrutzelt worden.

Keine Sabrina und kein Hinweis, wo sie sich befinden könnte. Das Cowgirl-Kostüm lag auf dem Bett, die Wildweststiefel hatte sie offensichtlich von den Füßen geschleudert. Schließlich fanden die Männer Sabrinas Handtasche mit Personalpapieren und ein leeres Portemonnaie.

»Nicht gut«, stellte Paule lakonisch fest.

»Ich ruf jetzt die Bullen«, entschied Günna und nahm das Handy aus der Tasche.

Keine Zukunft für die *Grotte*

Erst als die Hundestaffel geholt wurde und sich auf die Suche nach Sabrina machte, wurde sie gefunden. Sie lag tot zwischen Schilf und Rohrkolben im Hörder Bach. Natürlich hatten die Medien mitbekommen, was geschehen war. Kamerateams, Blaulichtreporter und Schaulustige tummelten sich am Fundort. Die Polizeipressestelle war mit ihrem Pressebulli vor Ort, doch viel zu sagen gab es nicht. Sabrina wurde aus dem Wasser gehoben. Auf den ersten Blick waren keine Verletzungen zu erkennen. Unter dem Schutz einer Sichtwand wurde ihre Leiche fortgebracht.

Sommerberg beobachtete den Polizeieinsatz direkt vor Ort. Obwohl alles abgesperrt war, ließ man sie in Ruhe. Die Mitarbeiter der Pressestelle kannten sie noch von früher, als sie in Begleitung des Polizeipräsidenten an Tatorten unterwegs war. Die Ermittler begannen mit ihren Vernehmungen.

Günna war sehr betroffen und bereute, dass er Sabrina oft wegen ihrer Leistung kritisiert hatte. Er erzählte niemandem, dass er ihr nach der Nummer mit dem Pferdesattel mit Rauswurf gedroht und von ihr verlangt hatte, ein paar Pfund abzuspecken.

In den nächsten Stunden suchte die Polizei nach Zeugen. Wer hatte Sabrina zuletzt gesehen? Gab es irgendwelche außergewöhnlichen Beobachtungen? Hatte Sabrina Feinde gehabt?

Auch bei Marie, deren Wohnwagen sich am nächsten zu Sabrinas Behausung befand, klopften die Ermittler. Marie erschrak, als sie das Wort »Polizei« hörte. Sie weckte Olga auf und flüsterte ihr zu, sie solle schnell unterm Bett verschwinden und keinen Mucks von sich geben.

Sie öffnete die Tür und ließ sich von den Männern den Polizeiausweis zeigen.

»Was ist los?«, fragte sie.

»Eine Ihrer Arbeitskolleginnen namens Sabrina ist tot«, kam es lapidar. »Wissen Sie etwas darüber?«

Marie war schockiert, wusste aber nichts. Sie hatte am Tag des Verschwindens von Sabrina und nach ihrem letzten Schleiertanz die *Grotte* verlassen, um noch ein paar Momente mit Olga zu verbringen und dann ins Bett zu gehen.

»Hatte sie einen Unfall?«, fragte Marie.

Der Polizist antwortete nicht. Als beide Männer verschwunden waren, fiel Marie ein, dass sie vielleicht den Mann hätte erwähnen sollen, der an ihrem Fenster herumgeschnüffelt hatte.

Olga rutschte unter dem Bett hervor. »Mama, was wollten die Männer?«

»Die suchen jemanden«, antwortete Marie.

Sommerberg hatte gute Kontakte zur Polizei und erfuhr noch am Abend, dass Sabrina vermutlich mit einem Stein erschlagen worden war. Ihre nackte Leiche war mit Kabelbinder gefesselt worden. Ein Bademantel mit Blumenmuster lag am Ufer. Es gab Anzeichen für sexuellen Missbrauch.

Der Rummel an der Baustelle war kaum zu stoppen. Zeitungen, Radio und Fernsehen berichteten von weiteren Zeuginnen, die schon vor Monaten von Typen begrapscht und bedroht worden waren. Erotiktänzerinnen waren für diesen Typ Mann offensichtlich Freiwild. Anzeigen bei der Polizeiwache in Hörde wurden damals nicht ernst genommen und verliefen im Sande.

Günna Brummer fasste den Entschluss, die *Grotte* bald zu schließen. Die Bar brachte sowieso immer weniger Geld in die Kasse, die Zahl der Malocher hatte sich in den letzten Wochen halbiert, denn der meiste Schutt war schon weggeräumt. Zurzeit wurden die Grundstücke vermessen und die Experten, die damit beauftragt worden waren, trugen keine Arbeitsanzüge, sondern Jeans und Hemden und verbrachten die Feierabende bei ihren Familien.

Günna schickte einige der Tanzmädchen und Kellnerinnen nach Hause, gab jeder noch einen Hunderter für den Übergang.

»Wenn alles vorbei ist, mache ich den Laden wieder auf«, versprach er. Niemand glaubte ihm jedoch.

Marie nahm das Geld, starrte den Schein an und weinte.

»Mädchen, du kannst weiter im Wohnwagen wohnen bleiben, bis ich den Laden wieder öffnen tu oder du was anderes gefunden hast«, bot Günna an. »Und deine Karre musst du auch nicht wegfahren. Mach dir keine Sorgen, ich helfe dir. Ich mach den Laden wieder auf, wenn die Polizei hier für Ordnung gesorgt hat.«

Leuchtende Fische

»Wir suchen dir einen neuen Job«, versuchte Sommerberg Marie zu trösten. »Die gibt es genug in der Stadt. Hast du irgendeine Ausbildung?«

»Nein. Ich hab im katholischen Kinderheim gelebt und bin mit vierzehn Jahren schwanger geworden. Olga wurde geboren, als ich fünfzehn war. Als sie da war, wurde ich in ein Heim für gefallene Mädchen gesteckt. Ich konnte also keine Lehre oder so machen. Ich hab noch nicht mal einen Schulabschluss.«

»Und Olgas Vater?«

Marie antwortete nicht.

Ich hab ihren Triggerpunkt erwischt, dachte Sommerberg. Marie war also blutjung, als Olga geboren wurde.

»Willst du mir mehr erzählen?«, fragte sie.

Marie antwortete nicht. Einen weiteren Versuch, mehr zu erfahren, machte Sommerberg nicht.

Olgas Erscheinen entspannte die Situation. »Ich kann vom Balkon aus das Wasser in den Bächen sehen«, strahlte sie. »Aber nicht die Fische.«

»Das kommt noch. Wenn der See ganz voll Wasser ist, nehmen wir uns ein Boot und fahren los«, sagte Sommerberg. »Dann sehen wir die Fische leuchten. Aber nur in der Nacht.«

»Wieso leuchten die Fische denn?«, hakte Olga nach.

»Hier wurde doch früher Stahl gekocht und es liefen giftige Stoffe in den Boden. Die haben sich mit dem Wasser vermischt, in dem die Fische schwimmen. Das Gift hat die Organe der Fische verändert und sie zum Leuchten gebracht. Und nachts sieht man die Lichter sehr gut.«

»Wirklich?« Olga machte große Augen. »Das sieht bestimmt cool aus.«

Cool? Marie wunderte sich, woher Olga dieses Wort kannte, und lächelte.

Adam hatte sich daran gewöhnt, die Abende in der Bar ausklingen zu lassen. Er kam hauptsächlich wegen Marie und ihrer orientalischen Tanznummern, gewöhnte sich aber auch an Pils und Buletten.

Leider war es ihm noch nicht gelungen, sich Marie zu nähern. Sie nahm zwar lächelnd seine Euroscheine, ließ sich aber auf kein Gespräch mit ihm ein. Bald würde die *Grotte* wegen des Mordes an Sabrina vorerst schließen und er würde Marie nicht mehr sehen.

Er nahm sich ein Herz und steckte Marie einen Brief zu: *Ich möchte dich gern treffen, an der Thomas-Birne.*

Marie wusste nicht, was die Thomas-Birne war, aber Sommerberg erklärte es ihr. »Darin wird der Stahl gekocht. Eisen, Chemikalien wie Phosphor, Sauerstoff, Schwefel und noch so ein paar Sachen. Feuer drunter und die Mischung ergibt Stahl. Die riesengroße Birne wird als Erinnerung an die industrielle Vergangenheit auf einer Insel stehen, die später *Kulturinsel* genannt wird.«

Sie tippte auf ihrem Handy herum und holte ein Foto auf den Schirm. »So sieht das Ding aus. Nicht besonders romantisch, was dein Verehrer sich da ausgedacht hat.« Sommerberg konnte sich ein Grinsen nicht verkneifen. »Vielleicht hat dein Galan das Ungetüm ja mit roten Rosen geschmückt. Wie heißt dein Kavalier denn?«

Marie errötete. »Adam. Er ist ganz anders als die Kunden, die sonst abends in der *Grotte* herumhängen. Er ist höflich, fasst keine der Frauen an und besäuft sich nicht.«

»Und das gefällt dir?«, fragte Sommerberg.

»Ich finde es gut«, antwortete Marie. »Ich bin in einem katholischen Kinderheim aufgewachsen. Da gab es nicht so viele Herren. Und andere Männer kenne ich nur aus dem Fernsehen.«

Sommerberg hustete. Die Frage nach Olgas Vater stellte sie nicht mehr.

Mutter mit fünfzehn

Da saßen sie nun. Marie und Adam. Vor sich hatten sie zwei riesige Eisbecher mit Früchten.

Er sah fasziniert zu, wie sie die Sahne vom Löffel leckte, sie beobachtete seine schmalen, gepflegten Hände und traute sich nicht, ihm in die Augen zu sehen.

Der Eissalon lag der Thomas-Birne gegenüber. Der Kontrast zwischen der hochmodernen Eisschmiede namens *Cold Case* und der alten Stahlschmiede namens *Thomas* hätte nicht größer sein können. Ein Industrieprodukt aus dem Jahr 1841 und ein nagelneues Haus aus dem Jahre 2008.

Marie fragte sich, wie die Menschen wohl damals gelebt hatten. Einiges hatte sie im Internet nachgelesen. Informationen über die arbeitenden Menschen im 19. Jahrhundert waren im Kinderheim nicht Bestandteil des Geschichtsunterrichts gewesen.

»Woran denkst du?«, fragte Adam.

»Ich wünsche mir, dass ich in dreihundert Jahren noch einmal zurückkehren kann«, fantasierte Marie. »Ohne dass mich jemand sehen oder erkennen kann. Ich würde nur – mit der Kenntnis von heute – wissen wollen, wie die Menschen dann leben. Sind alle Insekten tot? Gibt es noch Religionen? Genug Sauerstoff in großen Städten? Werden Frauen noch immer unterdrückt oder haben sie die Macht übernommen? Gibt es noch Kriege?«

Adam war verblüfft. Genau das waren die Fragen, die er sich in dunklen Stunden auch schon gestellt hatte.

»Darf es noch etwas sein?«, fragte die Bedienung.

Marie verneinte und fragte: »Brauchen Sie noch Personal für den Salon?«

Sie deutete auf ein Schild im Fenster. Es informierte die Besucher, dass Personal für den Salon gesucht wurde. Mindestlohn und keine Abgabe des Trinkgeldes.

»Da müssen Sie den Chef fragen«, antwortete die Kellnerin. »Ich gebe Ihnen mal die Telefonnummer.«

Marie steckte den Zettel ein.

»Hast du gern in der *Grotte* gearbeitet?«, fragte Adam.

»Zuerst war es irgendwie unangenehm. Diese Blicke! Manche Typen haben mir an den Hintern gefasst oder an den Busen. Na ja, als Mann weißt du ja bestimmt, wozu ihr fähig seid. Zum Glück hat Günna Brummer den Typen eine Ansage gemacht.«

»Nicht alle Männer sind gleich«, widersprach Adam. Er sah sie an und lachte. »Du hast Sahne auf der Nase.« Er griff über den runden Tisch hinüber, streichelte den weißen Schaum weg und leckte sich den Zeigefinger.

»Danke.«

»Was machst du jetzt ohne die *Grotte*?«, fragte Adam.

»Ich brauche eine neue Arbeit und eine Unterkunft«, antwortete Marie. »Günna hat mir erlaubt, den Wohnwagen noch zu nutzen, bis ich was gefunden habe.«

Er nahm ihre Hand und hielt sie fest. »Kann ich dir irgendwie helfen?«

»Könntest du das denn?«

»Vielleicht.«

»Was willst du dafür?«

»Wie meinst du das?«

Jetzt begriff er. »Ich meine keine sexuellen Gefälligkeiten«, stellte er klar.

»Entschuldige. Noch was: Ich habe eine kleine Tochter, die mit mir lebt.«

»Ein Kind?«

»Ja, die Tochter heißt Olga und ist mein Kind. Ich war fünfzehn, als ich Olga bekam. Jetzt ist sie zehn.«

Maries Beichte klang trotzig. Sollte er doch denken, was er wollte. Sie war es plötzlich leid, Olga zu verleugnen, sich zu verstecken und ständig Angst davor zu haben, dass man sie finden könnte.

»Dann warst du vierzehn, als du …«

»Ja.«

Das Ja war kaum verklungen, als ein Mann vor der Eisdiele erschien und Fotos machte. Marie wandte sich ab. Adam sprang auf, lief auf den Fotografen zu und packte ihn am Arm.

»Was machen Sie hier? Warum fotografieren Sie uns?« Es klang aggressiv.

»Bleiben Sie cool«, antwortete der Mann. »Ich arbeite für ein Hochglanzprospekt des Phoenix-See-Projekts. Ich habe Sie nur zufällig geknipst. Weil Sie so glücklich wirkten. Das Thema meines Auftrags ist, Sommerfrische an der Thomas-Birne abzulichten. Möglichst mit verliebten und schönen Menschen. Haben Sie ein Problem damit?«

Adam kehrte an den Tisch zurück. Sein Eis im Glasbecher war geschmolzen und hatte sich mit dem Obst vermischt. Er nahm einen Schluck.

»Er dachte, wir wären glücklich, und das hat ihm gefallen«, erläuterte Adam. »Der Mann scheint eine Niete in der Beurteilung von Gefühlen zu sein. Oder er kann in die Zukunft schauen.«

Marie lachte. »Gefühle nicht zu erkennen ist bei Männern nichts Besonderes.«

»Was für einen Job würdest du denn gern machen?«, fragte Adam.

»Ich weiß es nicht. Irgendwas mit Leuten, am liebsten mit Kindern«, antwortete sie. »Ich war die letzten Jahre viel allein.«

»Und Olga?«

»Man hat sie mir nach ihrer Geburt weggenommen, weil man mir nicht zutraute, mich um sie zu kümmern. Ich durfte sie nur selten sehen.«

»Aber du bist doch jetzt mit ihr zusammen.«

»Warum wohl? Ich hab sie mir geschnappt und bin mit ihr abgehauen.«

»Wirklich?«, fragte Adam irritiert.

Marie lachte auf. Es war kein amüsiertes Lachen, sondern klang gequält. Sie hatte diese und ähnliche Fragen zu oft gestellt bekommen. Die Fragesteller rechneten nach und dachten sich ihr Teil. Was ist von einer Frau zu halten, die mit fünfzehn ein Baby bekommt? War sie frühreif oder Opfer eines Verbrechens?

»Und was machst du, wenn die Sommerferien vorbei sind und die Schule wieder anfängt?«

Marie zuckte mit den Schultern.

Die Kellnerin stöckelte zu ihnen, räumte den Tisch ab und erwähnte, dass der Eissalon gleich schließen würde. Zu wenig Kundschaft.

Adam zahlte, zog dann einen Fünfzig-Euro-Schein aus dem Portemonnaie und gab ihn Marie. »Für dich und deine Tochter«, sagte er ernst. »Und jetzt keine Widerrede!«

Sie betrachtete ihn. Er war anders als die Männer, die sie bisher kennengelernt hatte. Er redete mit ihr wie ein Freund und nicht wie ein Kerl, der nur so lange freundlich war, wie er die Chance sah, sie rumzukriegen.

Marie bereute, so schnippisch zu ihm gewesen zu sein.

Sie schaute auf die Uhr. »Ich muss los. Meine Tochter wartet auf mich.«

»Kann ich mitkommen und sie kennenlernen?«

»Nein.«

Adam verstand das. Es war einfach zu früh.

Sie verabschiedeten sich. Der Kuss auf die Wange, mit dem sie sich begrüßt hatten, fiel aus. Er blieb auf Distanz.

Begegnung am Wasser

Polizeipräsidium Dortmund. Hauptkommissar Romeo Batista war zum Chef der Mordkommission ernannt worden. Er sollte mit seinen Kollegen Sabrinas Tod aufklären. Verdammt, dachte er, wir müssen diesen Typen kriegen, der sich am Phoenix-See herumtreibt und Frauen angreift oder – wie im Fall dieser Tänzerin – sogar tötet.

Dass irgendein Typ sich dort herumtrieb, war bekannt, aber eine Leiche hatte es bisher noch nicht gegeben. Es war bei verbalen Attacken und unerwünschten Berührungen geblieben. Die Frauen hatten sich zufällig auf dem Gelände aufgehalten, waren Gast in der *Grotte* oder arbeiteten dort.

Der Polizeipräsident hatte zwei Beamte abgeordnet, die abends und nachts Patrouille gingen. Eine Aktion ohne Ergebnis. Nach vier Wochen hatte das Präsidium Personalprobleme. Die Demonstrationen von Neonazis, Märsche von Autonomen kontra Polizeigewalt oder die Schlägereien nach den BVB-Heimspielen waren sehr personalintensiv.

Zusätzlich zur Polizei war Sommerberg gebeten worden, die Augen offen zu halten und verdächtige Vorfälle zu melden. Batista fand das überflüssig, aber er fügte sich.

Der Mord an Sabrina schien sich zu einem Cold Case zu entwickeln. An der Leiche hatte man keine relevanten Spuren gefunden. Der Stein, mit dem das Opfer vermutlich erschlagen worden war, hatte im Wasser gelegen. So waren Spuren weggespült worden.

Der Polizeipräsident setzte auf die Undercover-Agentin Sommerberg und ihre privaten Ermittlungen.

Olga saß brav am Ufer und versuchte die Fische zu beobachten, die hier angeblich schwammen. Sie konnte – außer Stechmücken – keine

Tiere erkennen. Aber Sommerberg hatte ihr ja erzählt, dass die Fische nur nachts leuchten würden. Sie steckte ihre Füße ins Wasser und machte Wellen. Tatsächlich erschien ein Tier – es war aber kein Fisch, sondern eine schwarz-gelb gefärbte, glänzende Echse, die sofort wieder verschwand.

Olga sah ihr nach und ihr Blick blieb an zwei Hosenbeinen hängen. Dahinten stand ein großer Mann und schaute zu ihr herüber. Olga starrte ihn an und sie bekam Gänsehaut. Mama wird schimpfen, dachte sie, sprang auf und lief weg. Zuerst nahm sie den Weg zum Wohnwagen, dann fiel ihr ein, dass sich der Campingplatz nach der Schließung der *Grotte* geleert hatte.

Sie kehrte um und rannte zu dem Haus, in dem Sommerberg wohnte. Ihr Herz schlug wild. Sie wusste nicht, ob der Mann sie verfolgte. Sie erreichte das Haus und kramte nach dem Schlüssel, den ihr Sommerberg gegeben hatte. Sie öffnete die Tür und schloss sich ein.

Sommerberg sah Olgas Gesicht, und ihr war klar, dass etwas passiert sein musste. Ihre Augen waren halb geschlossen, sie atmete schwer und hatte Mühe, Worte zu formulieren.

»Da war ein Mann«, stammelte sie. »Ich hatte total Angst.«

»Wie sah der Kerl aus?«, fragte Sommerberg.

»Groß und ziemlich breit. Und er hatte eine Kappe auf. Falsch rum.«

»Warum hattest du denn Angst vor ihm? Er stand doch nur da, oder?«

Olga nickte. »Ja, er hat sich nicht gerührt. Seine Augen konnte ich nicht sehen wegen einer Sonnenbrille und den Rest vom Gesicht auch nicht. Er hatte einen Schal vorm Gesicht. Und er roch so komisch. Der Wind hat den Geruch zu mir rübergepustet. Irgendwie nach Benzin oder Öl.«

»Das war bestimmt ein harmloser Arbeiter, der eine Pause hatte«, beruhigte sie das Kind. »Am besten ist es, wenn du nicht allein auf der Baustelle rumläufst. Deine Mama hat schon recht, dass sie dir das verboten hat. Du hast doch von Sabrina gehört oder gelesen, oder?«

»Ja, das war im Radio. Bitte sag Mama nicht, dass ich allein am Wasser war.«

Sommerberg nahm ihr Handy und tippte. Marie hatte die Mailbox geschaltet.

»Marie, wo bist du? Ruf mich an. Es ist wichtig. Olga ist bei mir.«

Jede Minute, die ohne Maries Anruf verging, machte Sommerberg unruhiger. Ihr Instinkt sagte ihr, dass sich dieser fremde Mann nicht zufällig auf der Baustelle herumtrieb. Noch war der Mörder von Sabrina nicht gefasst. Was, wenn er etwas mit den Übergriffen auf Frauen zu tun hatte?

Schließlich rief sie die Polizeiwache an der Hörder Burg an und schilderte die Situation.

»Wir sind unterwegs. Bleiben Sie, wo Sie sind.«

Eine halbe Stunde später meldete sich die Polizei. Marie lag im Krankenhaus. Sie war auf den schlecht ausgebauten Wegen gestürzt, hatte sich zu einer Bank geschleppt und die Orientierung verloren. Ein Mann, der seinen Hund ausführte, hatte Marie entdeckt und die Notfallambulanz angerufen. Die Sanitäter versorgten sie notdürftig und brachten sie in die Unfallklinik im Dortmunder Norden, die Tag und Nacht geöffnet hatte.

Sommerberg hatte Olga in ihrer Wohnung untergebracht. Dort lag sie im Bett und schlief. Die Nachttischlampe war angeschaltet. Olga sah ihrer Mutter ähnlich, wirkte aber nicht ganz so zart wie sie. Sie hatte eine breitere Stirn, ein energisches Kinn und – für ein Kind von zehn Jahren – kräftige Hände. Durch die Sonne hatte sie eine gesunde Farbe bekommen und die dunklen Haare hatten Locken.

Schade, dass Marie noch nicht genug Vertrauen zu ihr hatte, um ihr mehr von ihrer Vergangenheit zu erzählen. Doch das würde sich bald ändern, denn in Deutschland konnte man sich nicht auf Dauer verstecken, es sei denn, man hatte falsche Papiere. Außerdem war da noch Olga. Die Sommerferien gingen bald zu Ende, man würde Olga im Unterricht vermissen und Nachforschungen anstellen. Immerhin gab es die Schulpflicht.

Sommerberg bestellte ein Taxi und ließ sich in die Unfallklinik bringen. Eine Pflegerin begleitete sie ins Krankenzimmer. »Wir haben ihr ein leichtes Schlafmittel gegeben«, erklärte die Schwester.

»Machen Sie sich keine Sorgen. Ihre Tochter ist bald wieder fit.« Sie kontrollierte einige Instrumente und verließ das Zimmer.

Sommerberg setzte sich auf den Bettrand. Maries Hände bewegten sich, und ab und zu stöhnte sie leise. Es war kein Stöhnen der Angst oder des Schmerzes, kein Albtraum, eher die Bitte um ein angstfreies Leben.

Ich liebe dieses traurige Mädchen, dachte Sommerberg. Eine Tochter wie Marie hätte sie gern gehabt. Aber es hatte sich nicht ergeben. Wenn sie mit einem Mann zusammen war und sich Kinder wünschte, lehnten die meisten ab, weil sie die Verantwortung scheuten, schon einen Stall voller Nachkommen hatten oder sich ihrer Freiheit beraubt sahen.

Irgendwann war sie zu alt gewesen, um noch schwanger zu werden, oder der Mann war längst Geschichte. Pech eben. Sie war eine emanzipierte Frau und brauchte dieses kreatürliche Gefühl nicht, dachte sie. Wenn ihre Freundinnen Babys bekamen und glücklich waren, zog sie sich zurück.

Inzwischen fühlte sie eine emotionale Lücke. Aber sie hatte jetzt Marie und Olga, um die sie sich kümmern durfte.

Das Taxi brachte sie zurück.

Eis zu gewinnen

Bei den Politikern stellte sich langsam Ernüchterung ein. Es gab viel Lärm durch betrunkene Jugendliche und immer wieder wurden Frauen von irgendwelchen Typen belästigt. Hier und da wuchsen wilde Müllkippen. Das Interesse von Investoren und die Nachfrage nach Baugrundstücken waren deutlich zurückgegangen. Dabei setzte die Stadt alles daran, Käufer nicht zu verschrecken. Ruhe sollte einkehren und das Phoenix-Projekt aus den negativen Schlagzeilen der Medien verschwinden.

Aus diesem Grund war die PR auf ganz Deutschland ausgedehnt worden. Man präsentierte den Medien einen kostbar aufgemachten Hochglanzkatalog.

Sommerberg fand den Katalog in ihrem Briefkasten. Das Titelbild zeigte Adam und Marie beim Eisessen an der Thomas-Birne. Die Unterzeile des Bildes lautete: *Bahnt sich da was an? Verliebte genießen den Eisbecher im ersten Eissalon am künftigen Phoenix-See.* Und es gab sogar etwas zu gewinnen: *Wenn sich das Paar auf dem Foto meldet, winkt ihm kostenloses Eis für vier Wochen.*

Sie rief die *Dortmund-Projekt-Gesellschaft* an und fragte, wo dieser Werbekatalog überall verteilt werde. Die Antwort: *In ganz Deutschland.*

Sommerberg legte den Prospekt beiseite. Sie dachte eine Weile nach und rief Hauptkommissar Batista an, gab ihm das Autokennzeichen von Maries Golf durch und bat, den Halter festzustellen.

»Warum wollen Sie das wissen?«, grummelte er.

»Ich kümmere mich ein bisschen um eine der Tänzerinnen aus der *Grotte*, die vor einem Mann auf der Flucht ist«, erklärte Sommerberg. »Vielleicht hat er etwas mit dem Mord an Sabrina zu tun. Das Auto gehört ihm und ich würde gern wissen, wer er ist. Der Wagen ist in Bayern angemeldet – das steht schon mal fest. PA – das ist der Landkreis Passau. Ich brauche den Namen des Halters.«

»Fragen Sie doch Ihre Bekannte«, schlug Batista vor.

»Das möchte ich aus bestimmten Gründen nicht.«

»Ganz wie Sie wollen, Gnädigste!« Er beendete das Gespräch.

Traum von leuchtenden Fischen

Marie wurde nach drei Tagen aus dem Krankenhaus entlassen. Sommerberg bot ihr an, dass Olga und sie den Wohnwagen endgültig verlassen und vorübergehend bei ihr wohnen könnten. Sie hatte ein großes Gästezimmer mit kleiner Küche und Bad. Marie stimmte zu und auch Olga war damit einverstanden. Es war einfach zu gefährlich für die beiden, allein im Wohnwagen zu leben.

Olga blühte in der neuen Umgebung auf, blieb aber zurückhaltend und redete nicht viel. Gegen Abend setzte sich das Kind auf den Balkon und betrachtete die Baustelle. Zur Sicherheit durfte sie nicht ausgehen. Olga träumte davon, endlich die leuchtenden Fische zu sehen. Das würde noch dauern. Darum ließ sie sich einen Block und Buntstifte geben und malte prachtvolle Wesen mit schillernden Flossen, großen Augen und nach Luft schnappenden Mäulern. Sie ließ ihrer Fantasie freien Lauf und jeden Abend präsentierte sie den beiden Frauen das Ergebnis ihrer Arbeit. Alle drei kümmerten sich umeinander, sprachen liebevoll miteinander und lachten viel.

Marie wusste, dass dieses Fast-Familienleben trügerisch war und enden würde, wenn herauskäme, was sie verschweigen wollte.

Am nächsten Abend tauchte Hauptkommissar Batista bei Sommerberg auf. Er teilte ihr mit, dass Maries alter Golf auf den Namen eines »Josef Holzbichler« in Bayern zugelassen war.

»Sagt Ihnen der Name etwas?«, fragte er Sommerberg.

»Noch nicht«, sagte sie, »aber bald.« Sie holte Marie dazu.

Diese brauchte eine Weile, bis sie mit rotem Kopf antwortete: »Er ist ein alter Freund.«

»Der alte Freund, vor dem du geflüchtet bist?«

Sie schwieg.

»Hast du den Wagen gestohlen?«

Marie schüttelte den Kopf. »Nein, er hat ihn mir geschenkt.«

»Für deine Flucht?«

»Bruder Josef wollte Mama vielleicht nur helfen«, mischte sich Olga ein, die hinter der Tür mitgehört hatte.

»Er war in Maries Kinderheim der Seelsorger der Nonnen«, erklärte Batista. »Er hatte viel Kontakt – auch zu den Mädchen. Er sollte sie auf ein Leben im Sinne des Herrn vorbereiten.«

Marie stand Schweiß auf der Stirn.

»Willst du uns nicht sagen, was passiert ist?«, fragte Sommerberg.

Marie setzte sich aufs Sofa, Olga kuschelte sich an sie.

»Hat er dir etwas angetan?«, fragte Sommerberg mit rauer Stimme. »Marie! Sag uns endlich, was passiert ist!«

Marie löste sich von Olga und verließ das Zimmer. Sommerberg wollte ihr folgen, doch Batista hinderte sie daran.

»Sie wird uns bald alles sagen«, prophezeite er.

Verjährung

Es war klar, was Batista dachte. Seit einiger Zeit waren sexuelle Missbrauchsfälle durch katholische Priester Thema in den Medien. In der Kirche selbst wurde das Thema weitgehend vertuscht. Sexuelle Übergriffe auf Minderjährige wurden nach dem gesetzlichen Strafgesetzbuch geahndet. Doch die verjährten nach spätestens fünfzehn Jahren. Das rettete viele der Täter vor Strafen.

Batista hatte ein Dossier zusammengestellt, in dem er das zusammenfasste, was er über Bruder Josef erfahren hatte.

Marie und Olga waren in ihren Zimmern verschwunden.

»Wie wäre es mit einem Glas Wein?«, fragte Sommerberg.

»Gute Idee«, antwortete Batista.

Sommerberg ging in die Küche und legte vorher eine Diskette in ihren Player. *Comfortably Numb* von Pink Floyd. Die Musik veränderte die Stimmung im Zimmer.

Ruhe und Traurigkeit verbreiteten sich.

Sommerberg und Batista ließen sich von der Musik einlullen, doch dieses Gefühl blieb nicht lange, weil mehrere Martinshörner näher kamen. Irgendwo war etwas passiert.

Sie leerten die Flasche Wein und boten sich das Du an. Aus den Zimmern nebenan war nichts mehr zu hören. Olga und Marie schienen zu schlafen.

»Die beiden haben Schlimmes erlebt«, sagte Sommerberg. »Und wir müssen ihnen zurück in ein normales Leben helfen.«

»Machen wir«, versprach Batista und trank das Glas aus. »Und jetzt muss ich ins Bett.«

»Dann komm«, sagte Sommerberg und öffnete die Tür zum Schlafzimmer.

Böse Zeiten

Batista kam etwas später zum Dienst. Er hatte Sommerberg schlafen lassen und ihr nur eine Nachricht hinterlassen. In der Kantine des Polizeipräsidiums holte er sich einen großen schwarzen Kaffee und ließ sich zwei Mettbrötchenhälften schmieren. In seinem Büro stellte er die Fakten zusammen, die er bisher über Bruder Josef gesammelt hatte.

Josef Holzbichler war vierzig Jahre alt, Priester der Gemeinde und geistlicher Betreuer der Nonnen im Kinderheim der *Armen Dienstmägde Jesu Christi.*

Er rief in dem Heim an und wurde mit der Mutter Oberin verbunden. Er verlangte Holzbichler zu sprechen, aber die Nonne behauptete, dass er sich für das katholische Kindermissionswerk *Sternsinger* in Asien befinde und nicht erreichbar sei. Seine Rückkehr hänge vom Erfolg eines Schulneubaus ab.

Batista fragte nach Marie. Es war bekannt, dass sie aus dem Mutter-Kind-Heim verschwunden war.

»Das ist nichts Besonderes«, behauptete die Mutter Oberin, »wir haben viele Abgänge. Das liegt an den modernen Zeiten. Ungehemmte Sexualität, mangelnder Gehorsam oder einfach Bösartigkeit nehmen zu. Der Teufel ist unter uns. Wir wollen aus vernachlässigten Kindern fromme Christen machen. Und daran werden wir auch weiterhin arbeiten – so wahr uns Gott helfe.«

»Amen«, entgegnete Batista. »Und wie passen die Sexualverbrechen an Minderjährigen durch Mitglieder Ihrer Kirche dazu?«

»Wer von euch ohne Sünde ist, der werfe den ersten Stein«, zischte die Oberin und beendete das Gespräch.

Auf Distanz

Sommerberg saß auf dem Balkon und blickte über die Baustelle. Jeden Tag rückten hier Besuchergruppen an, um sich bei der Phoenix-See-Gesellschaft über das ehrgeizige Bauprojekt zu informieren.

Endstation der Besichtigung nach einem längeren Applaus war ein gemütlicher Umtrunk in Günnas *Grotte*. Die war wieder geöffnet, allerdings ohne Tanzdarbietungen. Marie half ihm bei der Bewirtung der Gäste.

Brummer hatte mit der Stadt vereinbart, die Besucher zu einem guten Preis mit Revierhäppchen zu versorgen. Wenn der Laden voll war, spielte Günna den Hörder Kumpel und gab ein paar Döneken zum Besten, was die Stimmung pimpte. Er hatte Sympathien und Lacher auf seiner Seite.

Marie fühlte sich besser. Zu Sommerberg war sie auf Distanz gegangen. Sie fürchtete ihre Fragen. Sie wusste sowieso, was sie dachte: dass Josef der Vater von Olga sein könnte.

Sommerberg ging derweil weiter auf die Suche nach Informationen über den Priester.

Sie nutzte die Zeit, wenn Marie in der *Grotte* kellnerte, und schob ihre Aufzeichnungen schnell in die Schreibtischschublade.

Leider gab es im Internet kein Foto des Priesters. Vielleicht hätte sie Ähnlichkeiten mit Olga entdecken können.

Sie meldete sich bei der Katholischen Stadtkirche in Bayern.

»Ich schreibe für ein katholisches Stadtmagazin, das interessante Persönlichkeiten in unserer Kirche in ganz Deutschland vorstellt«, log sie. »Wir haben viele Briefe und Anrufe bekommen und unter ihnen ist Pater Josef wegen seines vorbildhaften Engagements für Kinder ganz vorne. Leider haben wir kein Foto von ihm und er selbst ist ja zurzeit in Asien beim Missionswerk. Haben Sie vielleicht ein Foto von ihm?«

»Leider nicht«, antwortete die Frau, »aber wenden Sie sich doch an seine frühere Haushälterin Frau Voss. Sie ist im Ruhestand, aber noch ziemlich fit. Gott kümmert sich um seine Schäfchen. Sie ist zu ihrem Sohn gezogen. Wollen Sie die Telefonnummer?«

Jaaa, jubelte Sommerberg innerlich und notierte die Nummer.

Serienkiller?

Ein starker Regen mit heftigem Wind brachte endlich etwas Kühlung. Die Luft war noch frisch und angenehm. Die Lastwagen mit den Schuttladungen verwandelten die eingefahrenen Staubwege in Schlammpfützen. Stahlträger ragten wie Gebeine aus dem Boden und Europaletten und Panzersperren lagen kreuz und quer auf dem Gelände. Manche waren zerbröckelt, andere ineinander verhakt. Angeblich waren sie im letzten Krieg platziert worden. Man nannte sie Hitlerzähne. Eltern untersagten ihren Kindern, hier zu spielen, und Schilder warnten davor, das Gelände zu betreten.

Heute gab es an der Straße einen Menschenauflauf, blaues Polizeifeuer und einen Bestattungswagen. Zwei Hörder Jungs hatten im Schlamm gespielt und etwas freigebuddelt, was wie ein menschlicher Arm aussah. Die Polizei sperrte das Gelände ab und der Rest des Körpers wurde freigelegt. Ein ekliger Verwesungsgeruch waberte durch die Luft.

Klar, dass die Medien schon bald in Massen anrückten: TV-Übertragungswagen, Radioreporter, Zeitungsschreiber und Handy-Knipser. Die Sanitäter rollten die Sichtschutzwand aus. Die ersten Fotos waren trotzdem wenig später im Netz. Die Titelzeile: *War es ein Serienkiller? Tote Frau am Phoenix-See.*

Am Nachmittag identifizierten Günna Brummer und Paule Kuczinski die Leiche als Tanja. Sie war die Tänzerin, die plötzlich verschwunden war und deren Wohnwagen Marie und Olga bei ihrer Ankunft übernommen hatten. Das Tattoo auf den Schultern war gut zu erkennen. Weitere Tests würden folgen.

Das Landeskriminalamt entsandte einige Beamte nach Dortmund. Das beruhigte die Hörder aber nur wenig. Sie hatten das Vertrauen in die »Bullerei« schon längst verloren. Günna Brummer und Paule Kuczinski organisierten einen Wachdienst aus Freiwilligen. Sie konnten sich vor Angeboten kaum retten.

»Liegt alles an dem verdammten See«, so äußerten sich die Bürger in den Medien. »Wär doch allet so geblieben, wie's war.«

»Früher gab es hier Feuer, wenn der Stahl gekocht wurde, jetzt passieren Morde. Ist das das Lebensgefühl einer neuen Generation?«, tönte der Vorsitzende der Bürgerinitiative *Kein See für Hörde*.

Die Rechtsmediziner stellten an Tanjas Leiche schwere Verletzungen fest. Ihr Schädel war zertrümmert und das Genick gebrochen. Es wurde keine Kleidung gefunden. Auch andere Spuren waren Fehlanzeige.

Eine Verwandlung

Brummer war von der Situation überfordert. Kaum einer hätte das für möglich gehalten; Günna war immer so etwas wie der Fels in der Brandung gewesen. Durch die dramatischen Ereignisse hatte er abgenommen – aus dem kräftigen, bulligen Kerl war ein stiller, nachdenklicher Mann geworden. Er tauchte zwar immer noch jeden Tag in seinem Café auf, saß aber stumm beim Pilsken an einem Tisch und beobachtete die Gäste. Nur bei den bereits gebuchten Häppchen-Orgien nach den Führungen raffte er sich auf und spielte den Ruhri.

Oft übernachtete er in der *Grotte*, weil er den Weg in seine Wohnung nicht mehr schaffte. Denn nach den Pilsken griff er zu härteren Flüssigkeiten. Marie bemerkte die Verwandlung. Wenn wenige Gäste da waren, setzte sie sich zu Günna an den Tisch und versuchte, ihn in ein Gespräch zu verwickeln.

»Wer ist der Kerl, der dich verfolgt?«, fragte er Marie.

»Das ist eine lange Geschichte«, antwortete sie.

»Dann erzähl sie mir«, forderte er.

»Das kann ich nicht.«

Maries Worte berührten Günna. »Hast du kein Vertrauen zu mir?« Sie sah ihn an. Sein Blick war eine Mischung aus Angst und Hoffnung.

Marie nahm seine Hand. Seine Fingernägel waren die eines Arbeiters: kurz, an manchen Stellen eingerissen, mit verkrusteten Wunden und dunkel verfärbt.

Günna starrte auf Maries Hand. Sie war zart, perfekt geformt, die Nägel kurz, die Haut schimmernd und sauber.

»Was ist?«, fragte sie und zog die Hand zurück. Panik erfasste sie.

»Ich liebe dich«, sagte er rau. »Kannst du dir vorstellen, für immer mit mir zusammen zu sein?«

Ihr Herz schlug bis zum Hals. »Warum sagst du das?«

»Weil es wahr ist.«

Marie presste ihre Hände so fest zusammen, dass die Fingerknochen knackten.

»Ich will keinen Mann mehr«, sagte sie leise. »Günna, du bist mein bester Freund. Kann es nicht dabei bleiben?«

Günna rieb sich die Augen. Ihre Antwort hatte die schöne Wärme aus seinem Leib vertrieben. Ja, sie hatte recht, er war kein Mann für eine solche Frau. Er dachte an das Märchen *Die Schöne und das Biest*, das er im Fernsehen gesehen hatte. Doch da gab es ein Happy End, was hier nicht zu erwarten war.

»Entschuldige«, sagte Günna mit tonloser Stimme. »Ich hab Kappes geredet. Aber ich bin hackenstramm. Ich verzieh mich in meine Kemenate. Vergiss alles, was ich gesagt habe.«

Exklusiv und vertraulich

Hauptkommissar Batista teilte den Medien auf einer Pressekonferenz mit, dass die vermisste Tänzerin Tanja P. vor Wochen einem Gewaltverbrechen zum Opfer gefallen war.

»Nach ersten Ermittlungen wurde das Opfer erschlagen und notdürftig verscharrt. Da die Leiche bereits stark verwest ist, müssen wir die nächsten Untersuchungen abwarten. Eins kann ich Ihnen allerdings schon sagen – um den Hals der Frau war ein Kabel geschlungen. Außerdem waren Hände und Füße gefesselt.«

Fragen wie »Gibt es irgendeine Spur? Einen Verdacht?« konnte und wollte Batista nicht beantworten.

»Die Belästigungen und Angriffe auf Frauen laufen schon seit Monaten und zwei Tote gab es auch«, sagte ein Radioreporter. »Kann es sein, dass die Polizei die ganze Sache nicht für relevant hält? Vielleicht, weil es sich um Opfer handelt, die gesellschaftlich eher unbedeutend sind?«

Batista wurde ärgerlich. »Solche Unterstellungen verbitte ich mir. Weitere Fakten finden Sie in den täglichen Pressemitteilungen.«

Es folgte eine weitere Frage: »Haben Sie Hinweise auf den Täter?«

»Auch dazu sagen wir nichts, um die laufenden Ermittlungen nicht zu gefährden«, wehrte Batista ab.

Die knappen Mitteilungen der Polizei stimulierten die Mutmaßungen der Journalisten. Die rechtskonservativen Blätter deuteten an, dass Migranten, Geflüchtete und Asylsuchende für den Mord verantwortlich sein könnten. Das kam bei den Hörder Altbürgern nicht gut an. Sie wählten schon immer SPD und waren für rechtslastiges Gedankengut nicht anfällig.

Die Boulevardpresse interessierte sich am meisten für den sexuellen

Aspekt. Sie nannte das Opfer »Nacktänzerin« und schmückte die Tat mit Details aus, die sie angeblich von Ermittlern erhalten hatte – natürlich exklusiv und vertraulich.

Ganz normal

Sommerberg wählte die Telefonnummer von Frau Voss, der ehemaligen Haushälterin des Priesters. Doch niemand meldete sich. Blieb nur, die fast siebenhundert Kilometer bis nach Bayern mit dem Auto zurückzulegen. Sommerberg hatte einen schnellen Wagen gemietet und drückte aufs Gas. Der Sommer war zurückgekommen und die Hitze auch. Es fühlte sich an wie eine Fahrt in den Urlaub.

Adam löste sie am Steuer ab. Er fuhr rücksichtsvoll, hielt sich an die vorgegebenen Geschwindigkeiten und beachtete die Verkehrsregeln. Sommerberg dagegen trat das Gaspedal oft durch und machte von der Hupe lustvoll Gebrauch. Manchmal schloss Adam die Augen, und wenn er sie öffnete, wunderte er sich, dass der Mietwagen nicht an einem Baum klebte.

Sommerberg amüsierte sich. War Adam ein Weichei? Ein Spießer? Jedenfalls war er nicht risikobereit. Ein braver Mann. Vielleicht fühlte sich Marie von ihm angezogen, weil er so normal war.

Sie übernachteten in einer Pension, die in der Nähe der Autobahn lag. Zum Frühstück ging es in eine Autobahnraststätte. In einem kleinen Lädchen konnte man allerlei Kram und Zeitungen aus aller Welt finden. Sommerberg kaufte Knabbereien zu deutlich überhöhten Preisen. Im Regal fand sie den Werbekatalog des Phoenix-See-Projekts. Das Cover zeigte die mächtige Thomas-Birne im Vordergrund, im Hintergrund war ein Paar zu sehen, das an einem Tisch vor einer Eisdiele saß und sich ansah. Marie und Adam.

»Willst du mal ein verliebtes Paar sehen?«, fragte Sommerberg und legte den Prospekt vor Adam auf den Tisch. »Guck mal, ihr seid wirklich ein schönes Pärchen.«

Adam war merkwürdig berührt. Sommerberg hatte recht. Marie

und er wirkten vertraut, sie hatte sogar ihre Hand auf seine gelegt, was er vergessen hatte. Sie war schön, hatte den Kopf erhoben und voll in die Kamera gesehen. *Warten auf den Vogel Phoenix – Verliebte vor der Thomas-Birne* – so die Überschrift. Ja, ich bin verliebt, gestand er sich. Aber es wird schwierig werden.

»Sollen wir?«, drängelte Sommerberg und erhob sich. Adam nahm den Prospekt und folgte ihr.

Verlorene Seelen retten

Das weiß getünchte Kloster der *Ordensgemeinschaft der Armen Dienstmägde Jesu Christi* lag in einer Bergsenke wie ein flaches Schiff. Der Kies auf dem Weg zum Portal knarrte unter den Schuhen. Rechts und links gepflegte Hyazinthen und Rosenbeete. Niemand war zu sehen, keine Kinder spielten auf dem kurzen Rasen, der trotz der Hitze saftig grün war. Die Gebäude stammten aus dem siebzehnten Jahrhundert, die kleine Kapelle nebenan sogar aus dem sechzehnten – verriet ein Schild.

Sommerberg klingelte. Es dauerte eine Weile, bis sich das Portal knarzend öffnete. Eine Nonne in schwarzem Ordensgewand blickte ihnen entgegen. Eine weiße Kordel hielt den voluminösen Stoff zusammen. Der Gürtel hieß Zingulum und hatte drei Knoten. Sie bedeuteten die drei Gelübde der Nonnen: Armut, Keuschheit und Gehorsam.

Genau das, was die Kirche heute verkörpert, dachte Sommerberg. Drei Lügen, vereint in einer Kordel.

Armut: Die katholische Kirche hält sich bedeckt, aber nach aktuellen Schätzungen verfügt sie in Deutschland über ein Gesamtvermögen von geschätzt fünfhundert Milliarden.

Keuschheit: Die Übergriffe auf Kinder, insbesondere Jungen, die vertuscht wurden, zeigen eine besonders grausame Rücksichtslosigkeit jungen Menschen gegenüber, die für ihr Leben gezeichnet sind.

Gehorsam: Er gilt nur den Kirchenoberen und ihren Anweisungen gegenüber. Kein heiliger Knoten für Mitleid, Nächstenliebe oder Barmherzigkeit.

Die Nonne erkundigte sich nach dem Grund des Besuches. Sommerberg fragte nach Pastor Josef Holzbichler und erfuhr, was sie schon wusste. Er kümmerte sich aktuell um Kinder in Asien.

»Warum wollen Sie das wissen?«, fragte die Schwester.

Sommerberg behauptete, ihn und Frau Voss, die Haushälterin, seit Jahren zu kennen. Sie stellte Adam als deren Neffen vor. Sie erfuhr die Adresse der alten Frau. Es handelte sich um ein katholisches Altenheim.

»Können Sie sich an ein Mädchen namens Marie Bertoli erinnern?«, nutzte Sommerberg die Chance. »Sie lebte einige Zeit bei Ihnen im Kinderheim. Ein zartes, dunkelhaariges Mädchen.«

Die Nonne zögerte und sagte dann. »Ja, eine Marie gab es hier. Sie war der Liebling von Bruder Josef. Er förderte sie sehr.«

»Was ist aus ihr geworden?«

»Das weiß ich nicht. Als Marie fünfzehn war, bekam sie ein uneheliches Kind. Wir können nicht alle retten«, sagte die Schwester. »Mutter Kirche hat sie in einem Heim für ledige Mütter untergebracht. Eine verlorene Seele.«

»Welch eine Nächstenliebe!«, rief Sommerberg aus. Ihre Ironie ging ins Leere, denn die Braut Christi lächelte.

»Entschuldigen Sie, man wartet auf mich im Refektorium zum Sext. Gott sei mit Ihnen.«

»Zum Sex?«, fragte Adam verdattert, als die Nonne verschwunden war.

»Nicht zum Sex«, grinste Sommerberg. »Zum Sext, so heißt eine der Gebetszeiten. Anschließend gibt es ein gemeinsames Mittagessen im Speisesaal des Klosters.«

»Woher wissen Sie das alles?«, fragte er.

»Hat mir der liebe Gott erzählt. Er heißt Google.«

Geruch des Alters

Sommerberg kannte den penetranten Geruch in Altenheimen: Desinfektionsmittel, Essensgerüche und Scheuermittel. Im Foyer saßen alte Menschen, viele von ihnen in Rollstühlen. Einige unterhielten sich, manche dämmerten nur noch vor sich hin. Ein Pfleger saß in der Nähe und las eine Zeitschrift mit bunten Fotos.

Adam fragte ihn nach Frau Voss. Er schickte sie zu Zimmer 87.

Auf dem Weg dahin murmelte Sommerberg: »Ich engagiere später einen Lkw-Fahrer, der mich überfährt.«

Der Gang war lang, der Holzboden quietschte. An den Wänden allerhand Fotos von Kirchen, Klöstern, Kreuzen und heiligem Personal.

Sommerberg drückte die Klinke und fragte: »Guten Tag, Frau Voss! Dürfen wir eintreten?«

Die alte Frau saß in einem Sessel und blickte auf. Weißes volles Haar, am Hinterkopf zu einem dichten Knoten gebändigt. Eine faltenfreie hohe Stirn, hellblaue Augen, ein schmaler Mund. Sehr schlank. An den Wänden fehlte der religiöse Kitsch, nur ein schlichter Gekreuzigter aus Holz hing über dem Fernseher.

»Wer sind Sie?«, fragte sie.

Sie stellten sich vor.

»Und was ist Ihr Anliegen?«

»Es geht um Marie Bertoli, Olga und Bruder Josef«, antwortete Sommerberg.

Frau Voss nickte, als wäre sie nicht überrascht.

»Setzen Sie sich doch.« Sie deutete auf zwei Stühle.

»Ich wusste, dass irgendwann jemand kommt und fragt«, sagte die alte Frau.

»Warum haben Sie damit gerechnet?«, fragte Adam.

»Sagen Sie mir erst, wie es Marie und Olga geht!«

»Es geht ihnen gut«, sagte Sommerberg. »Aber glücklich sind sie nicht. Marie ist auf der Flucht und Olga ist bei ihr. Sie verstecken sich, und wir fragen uns, vor wem. Adam und ich sind mit beiden befreundet und würden ihnen gern helfen. Aber sie ist voller Angst und wir wissen nicht, vor wem. Könnte es mit Bruder Josef zusammenhängen?«

»Warum kommen Sie damit zu mir?«

»Liebe Frau Voss«, mischte sich Adam ein. »Sie waren lange Jahre die Haushälterin von diesem Priester. Wir wissen, dass Marie und er sich … na, sagen wir mal … gut leiden konnten. Als Marie schwanger wurde, hörte diese Freundschaft auf. Warum? Was können Sie uns dazu sagen?«

»Marie war unkeusch. Das hat Bruder Josef sehr getroffen.«

»Vielleicht war Olga ein Priesterkind, sein Kind!«, entgegnete Adam. »Haben Sie das kleine Mädchen jemals kennengelernt?«

»Nein, ich bin schon seit zehn Jahren im Ruhestand. Ich habe dieses Kind niemals gesehen.«

Sommerberg schnellte vom Stuhl hoch. »Verdammt noch mal«, rief sie. »In der Bibel steht das Gebot: *Du sollst nicht lügen.* Warum halten Sie sich nicht daran?«

»Sie haben die Bibel falsch zitiert«, gab Frau Voss zurück. »In der Bibel steht: *Du sollst nicht falsch Zeugnis reden wider deinen Nächsten.*«

Sommerberg wollte reagieren, doch Adam hielt sie mit einer Geste zurück.

»Haben Sie ein Foto von Bruder Josef?«, fragte er.

»Nein, habe ich nicht. Und wenn, würde ich es Ihnen nicht zeigen. Gehen Sie jetzt!«

Das war deutlich.

Sommerberg drehte sich vor der Tür zu Frau Voss um. »Gott liebt Kinder. In Psalm 127, Vers 3 steht: *Kinder sind ein Geschenk des Herrn, wer sie bekommt, wird reich belohnt.* Ich bin sicher, dass Gott nicht will, dass sie von Priestern sexuell missbraucht werden. Vielleicht denken Sie darüber nach. Wir sind in unserem Hotel zu erreichen.«

Sie reichte Frau Voss ihre Visitenkarte.

Auf dem Weg zum Auto meinte Adam: »Ich wusste gar nicht, dass du so bibelfest bist.«

Sommerberg grinste: »Vorbereitung ist alles.«

»Aber das Zitat passt nicht so ganz. *Wer Kinder bekommt, wird reich belohnt* – so heißt es in dem Psalm. Dann müsste Gott Holzbichler reich belohnen, weil er ein Kind gezeugt hat.«

»Das Kind wurde laut Kirche in Sünde gezeugt«, widersprach Sommerberg. »Verstoß gegen den Zölibat und sexuelle Gewalt gegen eine minderjährige Schutzbefohlene. Dieser Kerl ist ein elender Verbrecher!«

»Bitte, reg dich nicht auf«, bat Adam. »Ich wollte nur drauf hinweisen, dass diese katholischen Sätze nicht das Papier wert sind, auf dem sie geschrieben wurden. Jeder glaubt, was er glauben will.«

Im Auto tippte Adam hektisch auf der Tastatur seines Mobiltelefons herum. Als er Sommerbergs fragenden Blick sah, sagte er: »Wir statten der hiesigen Heimatzeitung einen Besuch ab. Da gibt's bestimmt ein paar Jubel-Artikel über die Lichtgestalt Holzbichler.«

Benzin oder Öl

Der *Bayerische Dorfkurier* hatte tatsächlich über Pfarrer Josef berichtet. Anlass war die Versetzung zum Kindermissionswerk *Sternsinger* in Asien. Die Elogen auf den Priester hatte die Zeitung brav abgedruckt und es hatte eine kleine Feierstunde gegeben. Sogar der Erzbischof war angereist, um seinen Bruder in Christo zu verabschieden.

»Ich hab ihn gefunden«, sagte Sommerberg. »Im Kreise seiner Schützlinge.«

Sie reichte Adam den Zeitungsband, der aus abgehefteten Ausgaben bestand. Bruder Josef in schwarzem Talar mitten im Bild, umringt von kleinen Mädchen. Die jüngsten standen nahe bei ihm, umarmten seine Beine und schauten lachend zu ihm hoch. Die älteren Mädchen hatten sich rechts und links von ihm aufgereiht und sahen ihn ebenfalls an. Auch sie lächelten, aber weit weniger als die ganz kleinen.

Die sind wohl froh, dass sie ihn loswerden, dachte Sommerberg grimmig. Aber vielleicht war ihr Eindruck von ihren Vorurteilen gespeist.

Bruder Josef hatte seine ausgebreiteten Arme um einige der Mädchen gelegt. Er war sehr groß und gut gebaut. Der schwarze Habit mit dem weißen Kollar stand ihm ausgezeichnet. Sein Lächeln war beeindruckend selbstbewusst.

Sommerberg war enttäuscht. Ein dicklicher Hutzel-Opi mit drei Haaren wäre ihr lieber gewesen als dieser Schönling, der den Priester in dem Film *Dornenvögel* hätte mimen können.

»Ein attraktiver Mann«, stellte Adam fest. »Und er weiß das auch einzusetzen.«

Weitere Fotos zeigten ihn in einer heiligen Messe bei der Verteilung des Leibes Christi an die Gläubigen. Sommerberg hatte keine Ähnlichkeit mit Olga entdecken können.

Sie sendete die Bilder an Batista. Er antwortete umgehend und teilte mit, dass er unterwegs zum See war, um den Mann zu suchen, den Olga gesehen hatte.

So viel und so oft hatte Hauptkommissar Batista noch nie geschnüffelt – im wahrsten Sinn des Wortes. Er klapperte das Kleingewerbe ab, das sich in der Nähe befand oder jüngst angesiedelt hatte. Da waren der Bootsverleih, der noch zu wenig Boote besaß, um sie vermieten zu können, dann die im Aufbau befindliche Bootsreparaturwerkstatt, der Fahrradverleih und das Touristenbüro.

Überall suchte Batista diesen Geruch, sprach mit den Menschen, die dort arbeiteten – doch vergebens. Wenn sein Dienst zu Ende und er zu Hause war, brannten die Schleimhäute in seiner Nase, und er konnte Pommesduft nicht mehr von Lavendel unterscheiden.

So kam er nicht weiter. Olga Bertoli musste ihm helfen. Sommerberg hatte ja erreicht, dass zwei Kollegen sie im Auge behielten, um sie zu beschützen. Dann konnte sie mit ihm auch nach dem Kerl suchen, der sie angeglotzt hatte, denn sie war die Einzige, die diesen chemischen Geruch identifizieren konnte.

Batista suchte Marie auf. Er schilderte ihr seinen Verdacht, dass ein Serientäter sein Unwesen am See trieb, den Olga vielleicht identifizieren könnte.

»Ich helfe Ihnen«, stimmte Marie zu. »Aber nur, wenn ich dabei sein kann. Einverstanden?« Batista nickte zustimmend.

Ein Zeichen von Gott?

Sommerberg und Adam packten ihre Sachen. Der Ausflug ins Bayernland hatte nicht viel Aufklärung über Maries und Olgas früheres Leben gebracht.

Die Reisetaschen standen schon vor der Tür – da erschien die Pensionswirtin. »Da ist jemand, der Sie sprechen will«, teilte sie mit. »Die Dame sitzt im Foyer.«

Sommerberg und Adam sahen sich überrascht an. Noch überraschter waren sie, als sie Frau Voss entdeckten.

Die alte Dame saß in einem Sessel und stützte sich auf einen Gehstock. Sie winkte.

»Ich musste noch einmal vorbeikommen«, sagte sie, als sich Sommerberg und Adam gesetzt hatten.

»Ich habe zu Gott um ein Zeichen gebetet. Und er hat mir ein Zeichen gesandt.«

»Welches Zeichen?«, fragte Sommerberg leise.

»Es kommt Ihnen bestimmt dumm vor«, erzählte sie, »aber vor meinem Fenster steht ein Walnussbaum. Noch nie habe ich ein Eichhörnchen im Baum gesehen – auch nicht, als die Nüsse längst reif waren. Ich dachte über Bruder Josef und Marie nach und schämte mich, dass ich Ihnen nicht die Wahrheit gesagt hatte. Ich überlegte mir ein Gottesurteil. Wenn in den nächsten Minuten ein Eichhörnchen im Baum nach Futter sucht, sagt mir Gott damit, dass ich alles sagen soll. Also die Wahrheit.«

Der alten Frau stand Schweiß auf der Stirn. »Verstehen Sie, was ich sagen will?«, fragte sie.

»Ja, wir verstehen«, nickte Sommerberg. »Wir würden dann auch gern die Wahrheit erfahren – und zwar jetzt.«

Frau Voss hatte sich ihre Worte gut überlegt. »Bruder Josef war ein Seelendieb. Er brauchte jemandem nur in die Augen zu sehen und der war ihm verfallen. Als er als Seelsorger in die Stadt kam, waren fast alle Brüder und Schwestern begeistert von ihm. Er war von Gott geweiht und in unser Dorf geschickt worden, um uns auf den richtigen Weg zu führen. Ich war auch sehr angetan, doch nach einer Weile fiel mir auf, dass besonders junge Mädchen und Frauen seine Nähe suchten. Der Erzbischof freute sich, als er die Seelsorge im Kinderheim der *Armen Dienstmägde Jesu Christi* übernahm. Als mich Herr Holzbichler fragte, ob ich ihm als Haushälterin dienen wollte, habe ich zugestimmt, weil es mir geschmeichelt hat.«

Frau Voss hatte ihn bei seinem bürgerlichen Namen genannt. Sie machte eine Pause, zögerte noch. Ihr vorher bleiches Gesicht hatte nun eine rötliche Farbe angenommen.

»Soll ich Ihnen ein Glas Wasser holen?«, bot Adam an.

Sie nickte.

»Holzbichler war auch für die Tröstung der Seelen der Gläubigen zuständig, die in den Seniorenheimen im Umkreis von fünfzig Kilometern lebten. Doch die alten Leute interessierten ihn nicht, sie bekamen ihn kaum zu Gesicht. Dafür war er den Kindern sehr zugetan, besonders den jungen Mädchen im Heim. Er kümmerte sich fast täglich um sie, half ihnen bei den Schulaufgaben, spielte mit ihnen, malte Bilder mit ihnen und brachte ihnen Gottes Wort näher. Die Exerzitien fanden in seinem Arbeitszimmer statt, bei verschlossener Tür.«

Sie nahm einen Schluck Wasser und wischte sich die Augen.

»Was sind Exerzitien?«, fragte Adam.

»Gespräche, die zur Stärkung der Seele der Gläubigen führen«, erklärte Sommerberg. »Die Menschen versuchen unter geistlicher Anleitung Spuren von Gottes Wirken in ihrem eigenen Leben und Alltag zu entdecken.«

»Er machte die Exerzitien nur mit jungen Mädchen. Sie kamen sehr oft zu ihm und blieben lange. Ich bekam ein ungutes Gefühl, das mich nicht losließ. Ich wollte nicht spionieren, aber ich konnte nicht anders. Ich habe versucht, die Mädchen auszufragen, was da im Arbeitszimmer vor sich ging, aber ich bekam nichts heraus. Aber getuschelt wurde kräftig.«

»Marie war auch dabei?«, fragte Sommerberg.

»Ja. Er hatte eine besonders enge Beziehung zu ihr und sah sie fast täglich. Doch irgendwann war sie weg. Als ich ihn danach fragte, behauptete er, sie sei jetzt in einem anderen Heim. Ich gab mich damit zufrieden.«

»Haben Sie Marie noch mal gesehen?«

»Ja. Sie hatte einen dicken Bauch und war schwanger. Ich wollte mit ihr sprechen, doch als sie mich sah, lief sie weg. Da dachte ich mir meinen Teil.«

Sommerberg war entsetzt. »Und Sie haben Ihren Verdacht nicht der Kirchenleitung gemeldet?«

»Doch. Ich habe einen Brief an den Kardinal geschrieben und ihn gebeten, alles zu überprüfen. Doch es kam keine Antwort. Holzbichler hat mich allerdings kurz darauf entlassen.«

»Wie lange ist das her?«, fragte Sommerberg.

»Ungefähr zehn Jahre. Ich habe Marie danach nicht wiedergesehen.« Tränen liefen über ihre Wangen. »Ich habe mich an ihr versündigt. Gott will, dass wir als gute Christen den Schwachen helfen und sie beschützen.«

»Haben Sie Holzbichler auf Ihren Verdacht angesprochen?«

»Nein, er hat mir schriftlich gekündigt.«

»Feiger Kerl!«, entfuhr es Adam.

»Gott wird ihn strafen. Wie geht es Marie heute?«

»Es geht ihr gut«, sagte Sommerberg.

»Und das Kind?«

»Es ist eine Tochter. Sie heißt Olga. Ein reizendes Mädchen. Ihre Mutter liebt sie sehr.«

Sommerberg erzählte Frau Voss nicht, dass Marie und Olga noch vor einigen Wochen in der Nähe gelebt hatten, bis beide vor Holzbichler nach Dortmund geflüchtet waren.

Zu viele Rätsel

Sommerberg und Adam saßen im Garten der Pension.

»Wir können ihn immer noch bei der Polizei anzeigen«, sagte Adam.

Sommerberg schüttelte den Kopf. »Strafrechtlich bringt das nichts. Sexueller Missbrauch widerstandsunfähiger Personen verjährt nach zehn Jahren. Olga ist schon über zehn. Mutter Kirche hält nur allzu gern ihre schützenden Hände über solche Sexualtäter. Olga ist nicht das einzige Priesterkind in der katholischen Kirche. Aber ich denke, dass es einen Unterschied gibt, ob ein Priester mit einer erwachsenen Frau schläft oder ob er ein widerstandsunfähiges minderjähriges Kind vergewaltigt. Dem Klerus scheint das allerdings egal zu sein. Hauptsache, es kann alles vertuscht werden. Auch mit Lügen und Meineiden. Es ist ein Elend. Lass uns nach Hause fahren.« Sie nahmen das Gepäck und verstauten es im Auto.

Während der Fahrt fielen Sommerberg mehrfach die Augen zu. Die letzten Tage hatten sie erschöpft. Es waren einfach zu viele Rätsel, die es noch zu lösen galt. Um wach zu bleiben, verwickelte sie Adam in ein Gespräch. Der antwortete nur unwillig und sehr knapp.

»Was ist los?«, fragte sie.

»Ich weiß nicht, ob ich das alles aushalte«, antwortete er. »Ich bin in Marie verliebt, habe ihr sogar schon einen Ring gekauft – aus Gold, mit einem blutroten Rubin.«

»Und jetzt?«

»Ich habe keine Ahnung, wie stark ihre Gefühle mir gegenüber sind«, gab er zu. »Sie ist oft so distanziert. Fast ängstlich.«

»Dann krieg raus, wie sie zu dir steht«, riet Sommerberg.

»Da ist eine Raststätte.« Adam deutete auf ein grell beleuchtetes

Gebäude. »Ich brauche Kaffee und was zu essen.« Er setzte den Blinker und bog ab.

Die Bedienung schlief mit dem Kopf auf der Theke. Der Kaffee war okay, das Schnitzel trocken und labberig. Sie waren die einzigen Gäste.

Sommerberg erinnerte dieses Ambiente an die Gemälde von Edward Hopper, der wie kein anderer Künstler die Einsamkeit von Menschen in Menschenmengen dargestellt hatte.

Adam nahm noch einen Kaffee. Es waren siebzig Kilometer bis nach Dortmund.

Marie und Olga schliefen schon, als Sommerberg in der Nacht ihre Wohnung betrat. Olga lag dicht an ihre Mutter geschmiegt, ihr kleines Gesichtchen in Maries Armbeuge. Sommerberg bemühte sich, keinen Lärm zu machen, stellte die Reisetasche ab und verschwand im Bad. Zehn Minuten später lag sie in ihrem eigenen Bett.

Die Polizei ist raus

Batista und seine Leute waren noch immer auf Schnüffeltour, auf ihrer Suche nach dem Mann, der so komisch roch. Leider vergebens. Die Kollegen hielten ihren Chef inzwischen für paranoid, beugten sich aber seinem Befehl. Bei dem sonnigen Wetter konnten sie ihre Arbeitszeiten prima im Freien ableisten.

Inzwischen hatte eine Burgerbude auf der Baustelle aufgemacht, die ab morgens bereit war, die Arbeiter mit Kaffee, belegten Brötchen und Teilchen zu füttern. Es gab Stühle und Tische, die Günna ihnen geliehen hatte.

Batista saß dort, einen Panamahut auf dem Kopf, die langen Beine von sich gestreckt. Er trank einen Kaffee und knabberte an einem Nugatcroissant. Der Werbeprospekt der Phoenix-See-Gesellschaft lag auf dem Tisch. Marie und Adam machten sich gut auf dem Cover. Auch die Zeichnungen von den künftigen Einfamilienhäusern gefielen ihm. Er stellte sich vor, wie es wäre, dort zu leben.

»Ich bin wieder da«, unterbrach eine Stimme seine Gedanken. Sommerberg setzte sich zu ihm.

»Das ist unübersehbar«, grummelte er. »Und? Wie war's im Bayernland?«

»Aufschlussreich. Und wie weit bist du mit deinen Ermittlungen?«

»Läuft. Und bei dir?«

»Auch.«

»Erzähl.«

Sommerberg holte sich einen Pott Kaffee und berichtete von ihren Recherchen – so knapp und präzise wie möglich. Batista hörte interessiert zu.

»Dann ist der Priester ein Sexualstraftäter. Nur leider nicht mehr zu belangen. Verjährung.«

Sommerberg nickte. »Bestrafen kann man ihn nicht mehr, aber man kann seine berufliche Karriere und seinen heiligen Ruf ruinieren. Die Medien geifern nach solchen Storys!«

Batista blieb skeptisch. »Dazu brauchen wir Marie. Sie muss als Belastungszeugin aussagen. Da die Polizei erst mal raus ist, bleibt nur noch die Presse. Und zwar eine Presse, die vor der Kirche nicht den Schwanz einzieht.«

»Kein Reporter lässt sich so eine Story entgehen«, sagte Sommerberg.

Marie taut auf

Marie betrat die Küche. Ihre dunklen Haare waren verwuschelt, die Haut bleich, der Blick stumpf. Sie ließ sich auf einen Küchenstuhl fallen und rieb sich die geröteten Augen.

»Wo warst du eigentlich?«, fragte sie. »Hast du einen Romantikurlaub mit deinem Kommissar gemacht?«

»Nicht ganz«, antwortete Sommerberg. »Ich war mit Adam unterwegs, und die Tage waren alles andere als romantisch.«

Marie holte sich einen Kaffee. Sie ließ sich Zeit, zwang sich, ruhig zu bleiben. Sie wusste, dass Sommerberg ermittelte und nicht lockerlassen würde. Wenn sie sich einmal in jemanden verbissen hatte, ließ sie nicht mehr los – auch wenn sie sich dabei selbst gefährdete.

»Dann erzähl doch mal, was ihr erlebt habt«, bat Marie. »Und was hatte Adam damit zu tun?«

»Ich war froh, dass er dabei war«, entgegnete Sommerberg. »So waren wir schneller am Ziel, weil wir uns bei der Fahrt abwechseln konnten.«

»Hat er auch deine Koffer getragen?« Marie hatte Schweißperlen auf der Stirn.

»Okay, lassen wir die Spielchen«, schlug Sommerberg vor. »Wir waren im Kloster der *Armen Dienstmägde Jesu Christi*. Ein sehr gepflegtes Haus. Man hat sich an dich erinnert.«

»Hast du Bruder Josef gesprochen?«, fragte Marie.

»Nein, das war nicht möglich, er hat sich nach Asien abgesetzt, zum Kindermissionswerk *Sternsinger*.«

»Dann kann er ja weitermachen«, sagte Marie mit einem bitteren Unterton.

»Du meinst die Kinder?«

»Ja. Frischfleisch für den heiligen Holzbichler.«

Endlich! Sommerberg war erleichtert. Endlich machte Marie auf und nicht zu … sie hatte Vertrauen zu ihr.

»Und du und Olga, ihr seid vor ihm geflüchtet?«

Marie nickte. »Als er seine Haushälterin entlassen hatte, wollte er, dass Olga und ich bei ihm einziehen. Später war mir klar, warum. Er wartete darauf, dass Olga sich … körperlich weiterentwickelte. Er wollte das mit ihr machen, was er mir angetan hat. Erst ich, dann Olga, seine Tochter. Ich hab es nicht mehr ausgehalten, hab seinen Golf geklaut, Olga gepackt und wir sind weg.«

»Deshalb hat er den Diebstahl des Autos nicht angezeigt«, erkannte Sommerberg. »Ziemlich schlau.«

Olga tauchte auf – in einem Schlafanzug mit Mickymaus-Motiven. Sie küsste ihre Mama und kuschelte sich an Sommerberg, die gerührt war.

»Gehst du dich waschen, Süße?«, fragte Marie. »Und putz dir die Zähne.«

»Die Creme ist ekelhaft«, maulte Olga. »Ich halte mir immer die Nase zu, damit ich sie nicht schmecken muss.«

»Das nächste Mal kommst du mit in den Rewe und wir testen die Zahncreme, bevor wir sie kaufen«, versprach ihre Mutter. »Und die Verkäuferinnen schauen uns dabei zu.«

Olga lachte, klatschte in die Hände und verschwand im Bad.

Immer der Nase nach

Die Bootswerft Maritim gab es schon vor den Plänen zum Phoenix-See-Projekt. Sie kümmerte sich damals um die Boote, die die Emscher rauf- und runtertuckerten. Sie lag etwas abseits auf einem Hügel, von dem man einen unverbaubaren Blick auf den künftigen See würde genießen können. Hier wurden inzwischen Restauration, Reparatur und Pflege vom Holzboot bis zur modernen Jacht angeboten.

Batista interessierte sich besonders für die Werkstatt. Im Internet hatte die Werft eine eigene Seite. Der Text begann mit dem Satz: *Wenn Leidenschaft auf solides Handwerk trifft, kann so mancher maritime Traum Realität werden.*

Die Beweise dafür lieferten zahlreiche Fotos von der Restauration eines Holzbootes aus den dreißiger Jahren. Mehrere Arbeiter kümmerten sich gerade um ein solches Teil und bearbeiteten es mit Schiffslack, ein weiterer säuberte eine Holzpartie mit einer scharfen Lösung. Er trug eine Maske zum Schutz seiner Atemwege.

Hier könnte ich richtig sein, dachte der Hauptkommissar. Sein Instinkt blühte auf.

Ein Mann in Anzug und Krawatte kam auf ihn zu. »Kann ich Ihnen helfen?«

»Tolle Arbeit, die Sie hier machen«, lächelte Batista. »Gehört die Werft Ihnen?«

»Ja, ich bin Habulski. Heinrich Habulski.«

»Und ich bin Batista. Romeo Batista.«

»Geiler Name.«

Habulski und Batista. Unterschiedlicher konnten Männer nicht sein. Habulski war klein, untersetzt, aber nicht fett, Batista dagegen hager und trotzdem muskulös.

»Dieser Geruch ist unerträglich«, schnüffelte Batista.

Habulski zuckte die Schultern. »Terpentin und Lacke riechen nun mal so. Kann ich Ihnen sonst wie behilflich sein?«

»Ich weiß noch nicht. Ich habe Interesse an einem Haus am See und schau mir die Umgebung an. Vielleicht kaufe ich mir ein Bötchen und schippere auf dem See rum, wenn ich in Pension gehe.«

»Und? Wie gefällt es Ihnen hier?«

»Irgendwie passen die neuen Villen nicht zu den anderen Häusern«, entgegnete Batista. »Die sind ja ziemlich heruntergekommen.«

»Das ändert sich bald«, behauptete Habulski. »Die alten Buden werden renoviert. Ich wohne selbst in einer. Es gibt sogar staatliche Zuschüsse. Damit die Borussiaspieler keinen Schock kriegen, wenn sie mit ihren goldenen Nobelkarossen durch Hörde rollen.«

»Ich würde gern mit meiner Frau und meiner Tochter vorbeikommen«, sagte Batista. »Wegen eines Bootskaufs. Sie ist eine echte Wasserratte. Das ist doch möglich, oder?«

Sie vereinbarten einen Termin.

Der Blick eines Kindes

Als Sommerberg nach Hause kam, saßen Marie und Adam im Kräutergarten zwischen Majoran, Thymian, Rosmarin, Salbei und Lavendel. Er hielt ihre Hand und sie hatte sich an seinen Hals gekuschelt. Olga lag ein wenig entfernt in der Hängematte und las.

Fast ein Familienidyll, dachte Sommerberg. »Hallo, ihr Lieben«, sagte sie. »Ich habe einen Bärenhunger. Sollen wir Pizza bestellen?«

Olga jubelte. Adam lächelte.

»Komm«, sagte er zu Olga. »Wir fahren los und holen den beiden Damen eine Pizza. Mit Wein oder ohne?«

»Ohne Wein«, entschied Sommerberg. »Der steht nämlich schon im Kühlschrank.«

Olga ließ sich aus der Hängematte fallen. Als Adam und Olga durch die Tür verschwunden waren, holte Marie Wein und Gläser.

»Batista und ich haben vielleicht eine Spur«, erzählte Sommerberg. »Und dabei brauchen wir Olgas Hilfe.«

Sie berichtete von dem Besuch in der Werft und ihrer Idee, dort die Gerüche zu prüfen – mit Olga und unter Polizeischutz.

Das Telefon klingelte. Sommerberg nahm den Anruf entgegen und hörte zu. Im Laufe des Gesprächs versteifte sich ihre Körperhaltung.

»Danke für die Information«, sagte sie und beendete den Talk.

»Das war mein Kontakt beim *Bayerischen Dorfkurier*«, erklärte sie. »Holzbichler. Er stand kurz vor der Ernennung zum Erzbischof. Doch das wackelt jetzt. Frau Voss hat Josef Holzbichler der Vergewaltigung von Minderjährigen bezichtigt. Schriftlich beim Papst, der Polizei und in einer Fernsehsendung. Die bayerische Landeskirche ist in Aufruhr. Sie verweigert jede Stellungnahme. Holzbichler ist in Asien nicht zu erreichen. Ein Monsun hat angeblich die Leitungen gekappt.«

Marie blieb stumm. Sommerberg schob ihr ein Glas Wein hin.

»Du weißt, was das bedeutet?«, fragte Marie dann.

»Ja, den Posten als Erzbischof kann er vergessen.«

»Nicht nur das. Die Kirche kann ihn rauswerfen und ihm die Lehrerlaubnis entziehen«, ergänzte Marie. »Außerdem wäre Olga stigmatisiert. Alle Welt würde davon wissen.«

»Marie! Die Wahrheit muss endlich raus! Jeder, der an Gott glaubt, muss wissen, was seine Vertreter hier auf der Erde für Unheil anrichten. Marie, du bist zwar ein Opfer, aber du kannst dich befreien. Ich stehe zu dir und helfe dir. Es kann nicht sein, dass Kirchenbonzen, die anderen Moral predigen, sich selbst an Mitmenschen dermaßen versündigen. Ich könnte ununterbrochen kotzen, wenn ich an diesen *Dornenvögel*-Arsch denke!«

Sommerbergs Wut machte Marie Angst. »Er wird sagen, ich hätte es so gewollt. Wie soll ich beweisen, dass es nicht so war? Seine Exerzitien fanden hinter verschlossenen Türen statt.«

»Ach was!«, wehrte Sommerberg ab. »Wer, der seine Sinne einigermaßen beisammenhat, glaubt, dass ein vierzehnjähriges Mädchen freiwillig ein Kind von einem Popen haben will?«

»Er wollte, dass ich Olga aussetze«, sagte Marie. »Irgendwo vor einer Kirche. Doch das konnte ich nicht. Als ich sie geboren hatte, sah ich in ihr Gesichtchen. Sie schrie nicht, sondern schaute mich mit ihren großen Augen an. Die Nonnen im Mutter-Kind-Heim wollten, dass ich das Baby zur Adoption freigebe. Mit ihrem Blick hatte sie meine Seele erreicht. Für immer. Sie ist ein Stück von mir und ich muss dafür sorgen, dass sie glücklich wird. Sie soll das Glück haben, das mir verwehrt wurde. Aber ich habe Angst«, sagte Marie leise.

»Du kannst dich nicht dein ganzes Leben lang verstecken«, sagte Sommerberg. »Du musst dich deiner Angst stellen, dich mit ihr konfrontieren. Irgendwann wirst du merken, dass Josef nur ein eitler Fatzke ist, der Menschen geschickt manipuliert. Das stärkt dein Selbstbewusstsein und du kannst dich befreien, wenn du es willst.«

»Ich will es.«

»Gut.«

Sommerberg wusste, dass dies leichter gesagt als getan war.

Schnüffeln hilft

Hauptkommissar Batista überredete Marie, mit Olga und Sommerberg die Maritim-Werft zu besuchen. Batista ließ sich von Besitzer Habulski verschiedene Bootsmodelle zeigen. Sommerberg, Olga und Marie flanierten währenddessen an den Arbeitern vorbei, die gerade mit den Booten beschäftigt waren, und schnüffelten.

»Ich rieche nichts«, flüsterte Olga. »Es stinkt zwar überall, aber nicht nach dem, was wir suchen. Lass uns zurückgehen, Mama.«

Inzwischen waren Batista die Fragen ausgegangen. Er blickte hilfesuchend zu Sommerberg, die langsam den Kopf schüttelte. Ein Schuss in den Ofen, dachte er. Es wäre ja auch zu einfach gewesen.

Habulski und Batista gingen zu den Männern. »So ein Bötchen ist ja ein schönes Spielzeug«, resümierte Batista den Rundgang.

»Das ist Lothar, mein bestes Pferd im Stall.« Habulski zeigte auf einen großen Mann, der sich ihnen näherte.

»Mein bester Arbeiter. Das Boot, das der nicht wieder flottmachen kann, muss erst noch geboren werden.« Habulski lachte dröhnend.

Das beste Pferd steckte in einem blauen verschmutzten Arbeitsoverall, war groß, klobig und rauchte eine dicke Zigarre. Er schlug Habulski gönnerhaft auf die breiten Schultern.

»Tach, Hennes, altes Haus. Wie isset? Allet paletti?«

»Muss.«

Der Geruch von Benzin und Terpentin sowie Zigarrengestank hatten sich zu einem bestialischen Parfum vermischt.

Sommerberg schaute zu Olga. Sie war bleich und schrie: »Ja, das ist der Mann.«

Lothar erblickte Olga und Marie. »Wat wollen die Schlampen von mir?«

Batista reagierte schnell. Er packte den Mann, drückte seinen Arm nach hinten, zückte seine Waffe, warf Sommerberg die Handschellen zu. Die ließ sie um Lothars Handgelenke zuschnappen und alarmierte die Kollegen.

Sommerberg führte Olga, die mit angstvollen Augen beobachtete, was ablief, zu einer Bank am Rand eines Weges.

Eine halbe Stunde später wimmelte es von Polizei, Reportern und Schaulustigen. Lothar hieß mit Nachnamen Schenk, arbeitete in einem Baumarkt in Hörde und half auf der Baustelle aus.

Die Mitarbeiter der Werft wurden vernommen. Kaum einer von ihnen kannte Lothar Schenk näher, sie wussten aber, dass er aus dem Baumarkt häufig Material mitbrachte, das abgelaufen war, zurückgegeben worden war oder einfach nur mitgenommen wurde, weil es auf der Werft gerade gebraucht wurde.

Schenk bekam dafür eine Belohnung in Form von ein paar Scheinchen. Er war einschlägig vorbestraft: einige Jahre in Haft wegen zahlreicher Delikte, darunter Diebstähle, Körperverletzungen und sexuelle Belästigungen.

Batista nahm Schenk vorläufig fest, doch der leugnete alles.

Nach drei Tagen nahm ihm der Hauptkommissar die Zigarren weg und erhöhte den Stundentakt der Vernehmungen. Schenks Behausung, der Spind am Arbeitsplatz und sein Auto wurden durchsucht. Die Kriminaltechniker fanden Beweise wie Kleidungsstücke, Haarbüschel und Fotos, die er heimlich von Sabrina bei ihrer Tanznummer in der *Grotte* gemacht hatte. Schließlich knackte Batista Schenk. Der gestand, Sabrina im Affekt getötet zu haben.

Spießerleben

In Sommerbergs Wohnung hatten Marie und Adam zusammengefunden. Wohin das führen würde, wussten beide nicht. Sie war euphorisch, weil endlich jemand da war, der sie beschützen wollte und dem es nichts auszumachen schien, dass sie nicht mehr »rein« war. Er versicherte ihr, dass sie reiner war als viele Frauen, die jeden Tag mit einem anderen Mann schliefen, zwei Kinder von fünf verschiedenen Männern hatten und keins davon liebten.

Adam wollte mit Marie und Olga eine Zukunft. Nachts träumte er davon, und wenn sie aufwachten, erzählte er ihr seine Träume.

Marie gab vor, auch schöne Träume zu haben, aber das war gelogen. Sie hatte Albträume von den Exerzitien in Holzbichlers Arbeitszimmer. Bruder Josef bezeichnete die Übergriffe als »von Gott gewollt« und Ausdruck seiner Liebe.

»Ich möchte mit dir schlafen«, unterbrach Adam Maries Gedanken. »Sag mir, wenn es zu früh für dich ist. Dann warte ich.«

Maries Augen umarmten Adam und sie hielt ihn eine Weile in ihren Armen.

»Hast du Lust, morgen zum Wohnwagen zu kommen? Dann sind wir allein, und auch Olga und Sommerberg können uns nicht stören.«

»Bist du sicher?«, fragte Adam.

»Ja. Ich muss endlich ein normales Leben führen. Ein ruhiges, spießiges Leben, wie es alle haben.«

»Das kriege ich hin«, jubelte Adam. »Ich lege dir die Welt zu Füßen.«

Die vereinbarte Zeit war da. Marie war vor Adam im Campingwagen angekommen. Sie hatte das Bett frisch bezogen und ordentlich durchgelüftet, Getränke und ein paar Häppchen gekauft. Merkwürdigerweise freute sie sich nicht. Sie hatte Angst und war nervös.

Olga war bei Sommerberg geblieben. Sie wusste, dass Marie zum Campingplatz gegangen war, um sich mit Adam zu treffen.

Marie schaute durchs Fenster. Adam schien sich zu verspäten. Ob er doch noch Bedenken bekommen hatte, sich mit ihr zu treffen? Vielleicht waren seine Gefühle für sie nicht so, wie er es behauptet hatte?

Sie ging zum Kühlschrank, holte eine Flasche Wein heraus und nahm ein Glas. Der Alkohol hatte sie immer beruhigt. Jedenfalls bisher. Sie hielt das Glas gegen das Licht. Wenn sie es bewegte, glitzerten die Sonnenstrahlen darauf.

Sie nahm einen Schluck und wartete. Dann lächelte sie. Draußen vor dem Campingwagen hörte sie ein Geräusch. Da war er!

Marie stürzte zur Tür und wollte sie öffnen. Doch es gelang ihr nicht. Jetzt wusste sie, dass es nicht Adam sein konnte. Panisch stürzte sie zum Fenster und schaute nach draußen.

Da stand ein großer Mann in Schwarz, der sie anstarrte. Er trug eine Maske. Langsam kam er auf den Wohnwagen zu und blieb dicht am Fenster stehen. Sie war unfähig, sich zu bewegen. Der Mann bückte sich, hob einen Kanister hoch, drehte den Verschluss auf und begoss den Wohnwagen und das Fenster mit einer Flüssigkeit. Das Gleiche machte er mit der Rückwand.

»Josef!«, schrie sie. »Warum machst du das?«

Marie schrie, wie sie noch nie geschrien hatte. Sie rief wieder Josefs Namen, flehte ihn an, sie zu verschonen. Ihr Körper bebte, sie bäumte sich auf, sie schlug mit den Fäusten an die Tür, versuchte vergeblich, das Fenster aufzudrücken.

Dann sank sie in sich zusammen und wimmerte nur noch. Olga, dachte sie. Olga.

Der Mann warf ein brennendes Streichholz gegen den Wagen.

2023 – fünfzehn Jahre später

Olga Bertoli war inzwischen fünfundzwanzig und lebte noch immer am Phoenix-See. Sommerberg hatte das traumatisierte Kind adoptiert. Olga hatte die Schule mit dem Abitur beendet und wollte studieren. Sie war etwas später dran als ihre Klassenkameraden, weil sie nach Maries Tod eine schwere Psychose bekommen hatte. Inzwischen ging es ihr gut. Sie hatte viele Details vergessen oder verdrängt.

Sie hatte die Schönheit ihrer Mutter geerbt, war aber größer und selbstbewusster. Üppiges dunkles Haar mit leichten Wellen umrahmte ein Gesicht mit großen Augen und Schneewittchen-Mund.

Olga und ihre Adoptivmutter kamen gut miteinander aus. Sommerberg hatte ihr die Ruhe verschafft, die sie nach dem Mord an ihrer Mutter haben musste, um nicht durchzudrehen. Manchmal – wenn Olga schlecht geträumt hatte – übermannte sie jedoch die Wut.

»Josef hat Mama ermordet, weil sie nicht zu ihm zurückkommen wollte.«

»Ich sehe das auch so«, nickte Sommerberg.

»Ich bin erst frei, wenn er auch tot ist. Er muss für seine Sünden zur Verantwortung gezogen werden.«

»Das wird schwierig«, wandte Sommerberg ein. »Er ist inzwischen Erzbischof. Seine Haushälterin Frau Voss, die als Zeugin hätte aussagen können, ist gestorben und auch deine Mutter ist nicht mehr da. Wer sollte ihn jetzt noch beschuldigen?«

»Ich fühle, dass er es war.«

»Das reicht nicht für einen Mordprozess«, argumentierte Sommerberg. »Komm lieber zur Ruhe.«

»Das kann ich nicht«, erwiderte Olga. »Jetzt, wo alles wieder hochkommt ...« Sie haute auf den Tisch. »Er muss für seine Sünden büßen! Und wenn ich es selbst tun muss.«

Olgas Blick zeigte eine Entschlossenheit, die Sommerberg Angst machte.

»Er ist dein Vater!«, warf Sommerberg ein. »Redet einfach mal miteinander.«

Olga lachte. Es war ein Lachen, das vor Spott nur so strotzte.

»Vergib ihm«, machte Sommerberg weiter. »Vergeben bedeutet loslassen. Wenn du vergibst, verschwindet der Stein von deinem Herzen.«

»Sommerberg!«, rief Olga. »Seit wann hast du denn solch seichte Sprüche auf Lager?«

Adam hatte Hörde verlassen. Er war mehrfach vernommen worden. Als er sich damals mit Marie am Wohnwagen treffen wollte, war er auf dem Weg dorthin von einem großen Mann bewusstlos geschlagen worden. So kam er zu spät zum Treffen mit Marie. Endlich da, stand der Wohnwagen schon in hellen Flammen. Er gab an, gehört zu haben, wie sie nach Josef schrie. Was sie genau geschrien hatte, war aus der Aussage nicht ersichtlich.

Das Phoenix-See-Gelände entwickelte und veränderte sich. Im Oktober 2010 war das Seebecken fertig und das Wasser konnte eingelassen werden. Im Mai 2011 wurde die Anlage für die Öffentlichkeit freigegeben. Schon vorher waren Häuser errichtet worden, zahlreiche Läden siedelten sich an. Ganz ohne atmosphärische Störungen verlief das jedoch nicht. Auch wenn die Werbeprospekte europaweit Lobreden auf das Projekt verbreiteten, nahm die Kritik immer mehr zu. Junge Männer aus dem gesamten Stadtgebiet knatterten mit ihren Maschinen rund um den See. Die Feten danach waren laut und nervten, der Müll am nächsten Tag war unübersehbar. Polizei und Ordnungsamt hatten viel zu tun.

Millionenschwere Fußballspieler des BVB sicherten sich die besten und größten Villen mit unverbaubarem Seeblick. Die »normalen« Einfamilienhäuser waren zu dicht nebeneinander gebaut worden und lagen zu nahe an den neuen Straßen. Spaziergänger konnten den Bewohnern ins Ess- oder Schlafzimmer sehen, wenn sie ihre Hunde ausführten. Viele Besitzer ließen Sichtblenden anbringen, um ihre Privatsphäre vor unerwünschten Blicken zu schützen.

In Werbeprospekten gab es dagegen nur Jubelarien, die in einem Märchenbuch hätten stehen können:

Sanfte Wellen plätschern ans Ufer vom Phoenix-See, ein kleines Segelboot fährt in den Hafen an der Hörder Burg. Auf der bei dem schönen Ausflugswetter sehr belebten Promenade haben die meisten Besucher ein Eis in der Hand oder sitzen vor den Restaurants und Cafés unter großen Sonnenschirmen sowie den Platanen. Man nutzt die Bänke und schaut sich die unzähligen Sternchen an, die die Sonne auf das Wasser zaubert. Auf den Liegewiesen und Stegen bräunen sich die einen, andere lesen, während die Kleinsten auf den Spielplätzen toben und verein-fachte Modelle der Hörder Burg aus Sand backen.

Ein weiteres Problem siedelte sich auf dem Wasser an:

Die Kanadagänse stürzten sich auf die Abfälle, wurden gefüttert und verschmutzten das Wasser mit ihren Ausscheidungen.

Ein Cold Case wird warm

Die drei toten Frauen waren fast vergessen. Die Staatsanwaltschaft hatte Lothar Schenk den Mord an Sabrina und später auch jenen an Tanja nachweisen können. Er gestand und wurde zu lebenslanger Haft verurteilt.

Für den Tod von Marie konnte er allerdings nicht verantwortlich sein. Zum Zeitpunkt ihres Todes hatte er in Untersuchungshaft gesessen.

Doch plötzlich änderte sich die Lage. Ein Zeuge zog seine Aussage zurück. Es war der persönliche Referent namens Mayerling, der Holzbichler das Alibi gegeben hatte. Die Staatsanwaltschaft hatte damals darauf verzichtet, den Zeugen persönlich zu laden und ihn zu vereidigen.

Batista erfuhr durch einen Anruf eines Polizeikollegen aus Bayern davon. Die dortigen Medien hielten sich noch zurück, weil sie den Bischof noch nicht erreicht hatten, um ihn mit der Aussage des Zeugen zu konfrontieren.

Als Sommerberg davon erfuhr, war ihr klar, dass die Ermittlungen zu Maries Tod wieder aufgenommen werden würden. Sie griff zum Handy und informierte ihre Medienkontakte.

Die reagierten schnell. Zwei Stunden später war auf der Homepage der Heimatzeitung zu lesen:

Feuertod am Phoenix-See: Falsches Alibi für Bischof – Wird der Mord an junger Mutter vor 15 Jahren wieder aufgerollt?

Die Staatsanwaltschaft beantwortete die Medienanfrage mit dem Hinweis, dass die neue Lage erst sorgfältig überprüft werden müsse. Olga, Sommerberg und Batista sortierten die Artikel in Sommerbergs

Wohnung. Auch die Deutsche Presse-Agentur hatte eine Notiz verbreitet, was die Reichweite der Meldung vervielfachte.

Olga triumphierte, sie fühlte sich in ihrem Verdacht gegen den Bischof bestätigt.

»Ich hatte mich schon für hysterisch gehalten«, jubelte sie. »Doch jetzt weiß ich, dass ich richtiglag. Josef wird seine Strafe bekommen.«

»Bleib mal cool«, bat Sommerberg. »Das falsche Alibi bedeutet noch lange nicht, dass der Pope das Benzin verschüttet hat.«

»Dann muss er aber sagen, wo er an dem Tag von Mamas Tod war«, entgegnete Olga.

»Das braucht er nicht«, widersprach Batista. »Wenn er als Beschuldigter vor Gericht steht, muss er sich nicht selbst belasten. Die Beweislast liegt beim Ankläger.«

»Muss Josef dann nach Dortmund kommen?«, fragte Olga.

»Wenn sein persönliches Erscheinen vom Gericht angeordnet wird, dann ja.«

»Dann kommt alles ans Licht – auch seine jahrzehntelangen Verbrechen an Kindern«, freute sich Sommerberg. »Von diesem Skandal erholt sich die Eminenz nicht. Zum Glück sind das Verständnis für die Opfer und die Kritik an der Kirche in den letzten Jahren gewachsen.«

»Ich habe jedenfalls einen Antrag gestellt, das Verfahren wieder zu eröffnen«, erklärte Batista.

Lügen und Vertuschen

Die katholische Kirche war seit über zehn Jahren in großen Schwierigkeiten. Immer mehr Menschen erhoben Vorwürfe gegen Kleriker und Kirchenmitarbeiter wegen sexuellen Missbrauchs Minderjähriger. Die Öffentlichkeit reagierte entsetzt. Die katholische und später auch die evangelische Kirche vertuschten, verharmlosten und logen. Die Gläubigen »belohnten« die Taten mit vielen Kirchenaustritten. Für die kircheninternen Untersuchungen wurden Kommissionen eingesetzt, viele Opfer auch mit Geld entschädigt, soweit sie noch am Leben waren.

Mord war in diesen Zusammenhängen noch nicht als Vorwurf aufgetaucht.

Oberstaatsanwalt Max Fahidi galt bei den Ganoven als hart, bei seinen Vorgesetzten als fleißig und bei seinen Freunden als empathisch. Er war neu in der Stadt. Die weiblichen Justizangestellten jüngeren Alters arbeiteten gern mit ihm zusammen, kochten ihm Kaffee und holten seine Anzüge aus der Reinigung ab. Manchmal kauften sie auch für ihn ein, denn sie wussten, dass er wenig Zeit hatte, wenn er eine Anklageschrift vorbereitete.

Er war charmant, strahlte eine jungenhafte Lässigkeit aus. Wenn er eine besonders schlimme Gewalttat anzuklagen hatte, litt er mit den Opfern: den zu Tode gequälten Kindern, den ins Koma geprügelten Frauen, den von Jugendlichen erschlagenen Obdachlosen und den jungen Mädchen, die von einer Männerbande vergewaltigt wurden »und die es ja nicht anders gewollt hatten«.

Fahidi erfuhr vom Feuertod am Phoenix-See durch einen Anruf des Generalstaatsanwaltes, da er sein Amt erst vor zwei Jahren angetreten hatte. Er wurde mit der Wiederaufnahme des Vorfalls beauftragt. Nun studierte er die Akten von damals. Fahidi wunderte sich über die zurückhaltenden Ermittlungen. Warum war der Geistliche nicht vorgeladen worden, obwohl die getötete Frau vor ihrem schrecklichen Tod den Namen des Bischofs genannt hatte?

Das Opfer könnte den Priester auch zu Hilfe gerufen haben, aber das hätte man überprüfen müssen. Was hatte das Opfer in seiner Todesangst genau gerufen?

Fahidi beschloss, auch den Zeugen Adam Anderson erneut zu befragen, und ließ ihn vorladen.

Der Kirche folgt die Sekte

Auch Sommerberg wühlte in der Vergangenheit. Sie vertiefte sich in die Geschichte des Nonnenklosters, in dem Marie und Olga gelebt hatten.

Im Jahr 2017 hatte die Kirche das Kloster aufgrund von Nachwuchsmangel verkauft – ausgerechnet an eine Glaubensgemeinschaft mit dem Namen *Go&Change*, die sofort auf große Werbetour ging.

Wir wollen die Menschen auf ihrem Weg der Heilung und des Wachstums unterstützen und begleiten. Unser höchstes Anliegen ist es, eine Kultur zu schaffen, die auf Liebe ausgerichtet ist, so der Text auf der Homepage der Gruppe.

Dieses Gelaber hört sich nach einer Sekte an, dachte Sommerberg. Der Verdacht wurde noch gestärkt, als es ums Geld ging:

Wir sind etwas über zwanzig Menschen, die zusammen in Gemeinschaft leben. Mit deiner Schenkung kannst du dazu beitragen, dass wir unsere monatlichen Kosten decken, immer mehr Menschen die Teilnahme an unserer Kultur ermöglichen und das Projekt immer weiter wachsen lassen können. Für unsere langfristige Planung wünschen wir uns, dass so viele Menschen wie möglich uns in Form eines Dauerauftrages unterstützen. Die wohl einfachste Möglichkeit ist, eine Schenkung bei einem Besuch zu hinterlassen oder uns einmalig oder als Dauerauftrag auf folgendes Konto zu überweisen ...

Schon bald gab es schwere Vorwürfe gegen die Sekte: Psychoterror, Gehirnwäsche, Kindeswohlgefährdung. Es gab Selbstmorde und Vergewaltigungen. Gruppensex sollte sozusagen Pflicht gewesen sein.

Die Staatsanwaltschaft übernahm die Ermittlungen. Einzelne Gruppenmitglieder wurden zwar verurteilt, aber die Sekte machte weiterhin Werbung für ihr dubioses Lebensmodell.

»Mal wieder typisch«, konstatierte Olga, als Sommerberg ihr von den Nachforschungen berichtete.

»Die verscherbeln ihr Kloster an eine dubiose Sekte. Hauptsache, das Geld fließt. Was können wir tun, um Josef aus seinem Bischofspalast herauszulocken?«, fragte Sommerberg.

»Ich bin seine Tochter und werde ihm weismachen, dass ich mit ihm Frieden schließen will. Wenn das nicht klappt, lasse ich mir etwas anderes einfallen.«

»Willst du ihn entführen?«

»Nein, er muss freiwillig zu uns kommen. Und niemand außer uns darf davon wissen.«

»Wie willst du das hinkriegen?«

»Ich gebe vor, mich mit ihm versöhnen zu wollen, fahre mit ihm auf den See und zeige ihm in der Nacht die leuchtenden Fische.«

Sommerberg verstand.

Olga meinte es ernst.

Bitterernst.

Zum Gedenken

Das Gelände, auf dem früher die Wohnwagen standen, war inzwischen freigeräumt worden. Man hatte die Grundstücke aufgeteilt und markiert. Günna Brummer war Besitzer von einigen Parzellen und hatte sie zu guten Preisen verkauft. Er behielt nur den Teil, der direkt am See lag, mit seinem Café und dem Holzsteg, der ans Wasser führte. Weiter oben hatte die Stadt Dortmund einen grauen Findling aus Granit zur Erinnerung an Marie Bertoli errichten lassen.

Olga ging oft zu dieser Stelle. Rund um den Stein hatte man auf Bebauung verzichtet und eine Rasenfläche angelegt. An schönen Morgen legte Olga ihren Kopf gern aufs Gras und dachte an ihre Mutter. Vielleicht hätte sie mit Adam leben können und alle drei wären eine glückliche Familie geworden. Wenn sie hier einige Zeit verbrachte, glaubte sie, den Qualm noch zu riechen. Dann musste sie weinen.

Oft las sie ihrer Mutter aus einem Buch vor oder spielte ihr auf dem Handy Opernarien vor. Sie wartete auf ein Zeichen von Mama, und wenn ein Falke über ihr sich im Himmel schüttelte, stellte sie sich vor, dass es Mama wäre, die auf sie herabschaute. Manchmal waren es auch verrückte Wolkengebilde, spezielle Gerüche wie Eukalyptus oder Stimmen, die sie an Marie erinnerten.

Hörder Häppchen

Dortmund, das oft als schmutzigste Stadt im Ruhrpott diffamiert worden war, hatte jetzt ein Erholungsgebiet vom Allerfeinsten. Inzwischen war der See viereinhalb Meter tief, dreihundertzehn Meter breit und tausendzweihundertdreißig Meter lang.

Hundertfünfzigtausend Kubikmeter Wasser wurden gebraucht, und es dauerte ein Jahr, bis der See vollgelaufen war. Segelboote und Sportboote ohne Motor durften den See befahren, die Menschen mussten draußen bleiben – Baden im See war verboten. Das inzwischen saubere Wasser sollte nicht von menschlichen Körperfetten, Sonnencremes und Urin verunreinigt werden.

Sogar die kritischen Umweltschutzvereine jubelten: Es waren außer den Kanadagänsen verschiedene Wasservogelarten bis hin zu Flussregenpfeifern und dem seltenen Eisvogel gesichtet worden. Rohrammern, Zwergtaucher, Teichhühner folgten. Da die Vögel Futter brauchten, untersuchte man auch die Fische im See und entdeckte Moderlieschen, die über die Emscher in den See gelangt waren. Hechte, Rotfedern und Schleien wurden hineingesetzt. Der Fischnachwuchs ließ nicht lange auf sich warten. Gerüchte, dass ein Unbekannter sechzig Piranhas in den See geworfen hatte, entpuppten sich als Joke.

Auch Günna Brummer machte gute Geschäfte. Er hatte direkt am Ufer des Sees ein kleines Café eröffnet, das mit *Günnas Schmackes* warb: Kaffeetrinken mit Hefe-Blechkuchen mit Pudding, Kalter Schnauze und Quarkbällchen – alles frisch gebacken.

Günna hatte einige Hörder Hausfrauen als Vierhundertfünfzig-Euro-Kräfte eingestellt. Der Laden lief und die Bürgerinitiative, die den See jahrelang kritisch begleitet hatte, litt unter starkem Mitgliederschwund.

Das änderte sich schlagartig. Eine Zeitung erfuhr von der Falschaussage des bischöflichen Privatsekretärs Mayerling und den schlampigen Ermittlungen von damals. Der Reporter zitierte Oberstaatsanwalt Max Fahidi: *»Für eine Anklageerhebung wegen Mordes fehlen die Fakten. Herr Holzbichler ist zurzeit nur ein Zeuge, kein Beschuldigter. Wir müssen allerdings klären, warum sich der Bischof damals ein falsches Alibi hat geben lassen. Der Mord an Marie Bertoli wird also erneut untersucht.«*

Olga las die Berichte. Sie fragte Sommerberg, ob sie sich bei der Staatanwaltschaft melden solle.

»Was willst du denen denn mitteilen?«, fragte Sommerberg.

»Dass Holzbichler mein Vater ist und dass Mama und ich vor ihm geflohen sind.«

»Dann wird sich der Staatsanwalt schon bei dir melden«, prophezeite Sommerberg.

Und so kam es auch. Olga bekam eine Vorladung.

Annäherung und Flucht

Das Gebäude der Staatsanwaltschaft lag auf dem Gerichtsplatz mitten in der City – in der Nähe des Amtsgerichts und der Justizvollzugsanstalt. Auf dem Platz vor den Gebäuden gab es Kunst: Mehrere überlebensgroße Bronzeskulpturen bewegten sich in verschiedene Richtungen. Der Bildhauer Eberhard Linke hatte die Gruppe *Dortmunder Annäherung* genannt. An wen sich die Figuren annähern wollten, blieb allerdings im Dunkeln.

Olga umrundete die Figuren einige Male. Der Titel *Auf der Flucht* würde besser passen, dachte sie. Sie bemerkte nicht, dass sie beobachtet wurde.

Max Fahidi stand hinter dem Fenster seines Büros. Dass sich jemand für die riesigen Bronzemenschen interessierte, kam nicht so oft vor. Die meisten gingen achtlos an ihnen vorüber und würdigten sie keines Blickes.

Fahidi überlegte, ob er die Frau kannte – vielleicht war sie eine Angestellte der Justizbehörden?

Nein, er hatte sie noch nie gesehen. Sie war mittelgroß und schlank, aber nicht mager, ihre schwarze Hose reichte bis zu den Knöcheln. Die rostrote Bluse saß locker und war in der Taille zusammengeknotet. Die dunklen Haare fielen ihr über die Schultern, ihre Füße steckten in klobigen Sneakers, die vielen Frauen einen plumpen Gang bescherten.

Jetzt sah sie auf die Uhr und bewegte sich zum Eingang. Ihr Gang war leichtfüßig, nicht plump.

Fahidis Telefon meldete sich. Der Pförtner informierte Oberstaatsanwalt Max Fahidi von der Ankunft einer Zeugin.

Erinnerung und Gegenwind

»Guten Tag, sind Sie Oberstaatsanwalt Fahidi?«, fragte Olga.

»Ja.«

Sie reichte ihm die Vorladung. »Ich bin Olga Bertoli.«

»Kommen Sie«, bat er und ging vor ihr zu einem Tisch. »Darf ich Ihnen einen Kaffee anbieten?«

»Ja, gern.«

Er wandte sich der Kaffeemaschine zu, die auf einem Sideboard stand. Daneben eine Flasche Wasser und ein Apfel. An der Wand Reproduktionen mittelalterlicher Gemälde. »Sie lieben Kunst?«

»Ja, bevor ich zu Jura wechselte, habe ich Kunstgeschichte studiert.«

Olga betrachtete ihn. Sie hatte sich ihn viel älter vorgestellt, aber dieser Mann war höchstens Mitte bis Ende dreißig. Sie wurde locker. Der Stoff spannte sich über dem Hintern, der in einer Lederhose steckte – nicht das Modell, das Olga aus Bayern kannte, sondern was richtig Flottes.

Die Kaffeemaschine hatte ihr Werk vollbracht. Er füllte zwei Pötte.

»Milch habe ich leider nicht«, entschuldigte er sich. »Die wird so leicht schlecht bei diesem heißen Wetter.«

Er hat eine schöne, sanfte Stimme, fiel Olga auf. Ob er die Tonlage ändert, wenn er es mit einem Massenmörder zu tun hat?

Er setzte sich. »Dann lassen Sie uns zur Sache kommen«, kündigte er an. »Ich werde die Ermittlungen zum Mord an Ihrer Mutter wieder aufnehmen. Der Alibizeuge von damals hat seine Aussage zurückgezogen, aber das wissen Sie ja. Die Schreie Ihrer Mutter, die damals nicht korrekt bewertet wurden, stehen jetzt wieder zur Debatte.«

Olga schloss die Augen und hatte den völlig zerstörten Wohnwagen vor Augen und den Geruch von Benzin und verbranntem Fleisch.

»Entschuldigen Sie«, bat Fahidi erschrocken. »Ich kann verstehen, dass Sie das alles sehr belastet.«

»Ja. Aber ich bin auch wütend. Die Ermittlungen damals waren fehlerhaft und nachlässig. Aber Mama war ja auch nur eine Tänzerin mit unehelichem Kind und ihr Mörder ein katholischer Priester mit einem untadeligen Leumund.«

»Dass Herr Holzbichler ein Mörder ist, ist nicht bewiesen«, warf Fahidi ein.

»Das weiß ich. Er hatte ein Alibi«, entgegnete Olga. »Damals war ich zehn Jahre alt und meine Mutter gerade mal fünfundzwanzig. Für die Nonnen im Kinderheim war Mama eine Hure. Ich wusste nicht, dass Holzbichler mein Vater war, und ich weiß auch, dass der sexuelle Missbrauch verjährt ist. Aber Mord verjährt nicht. Was also werden Sie jetzt tun?«

»Ich werde zunächst klären, warum Ihr Vater sich von seinem Mitarbeiter ein falsches Alibi besorgt hat und wo er sich an diesem Tag aufgehalten hat.«

»Sie werden bösen Gegenwind bekommen«, prophezeite Olga. »Holzbichler ist schlau und hat sich ein Netzwerk in den oberen Etagen der Kirche aufgebaut, das ihn mit Sicherheit schützen wird.«

»Ich mag Gegenwind«, lächelte Fahidi. »Je stärker, je lieber.«

»Wow!«, entfuhr es Olga. »Wollen Sie mein Held werden?«

»Nichts wäre mir lieber.«

»Flirten Sie mit mir?« Sie verdrehte die Augen.

»Aber ja. Darf ich Sie zum Mittagessen einladen? Es gibt in der Nähe hier eine sehr romantische Pommesbude«, grinste er.

Wer ohne Sünde ist

Rund siebenhundert Kilometer südlich dachte Josef Holzbichler über seine Situation nach. Ihm war klar, dass er strafrechtlich nicht belangt werden konnte. Mayerling, dieser gottverdammte Idiot, hatte mit seinem Geständnis alles wieder ans Licht geholt, was seit fünfzehn Jahren in der Vergessenheit schlummerte.

Soll ich kämpfen oder aufgeben?, fragte er sich.

Noch schützte die Kirche ihn, aber das konnte sich ganz schnell ändern, wenn der Druck der Medien und der Öffentlichkeit zu stark würde. Er war bei seinen Gläubigen beliebt, wusste sich zu präsentieren, salbungsvolle Sätze fielen ihm leicht.

Er stellte sich vor den Spiegel aus dem späten Barock – das Geschenk einiger Schäfchen zu seinem fünfzigsten Geburtstag.

Er war immer noch schlank, hatte volles Haar, die grauen Schläfen standen ihm hervorragend. Seine Ausstrahlung begeisterte vor allem die Frauen.

Damit war es jetzt erst einmal vorbei. Der Kardinal hatte ihn angewiesen, nicht auf die Vorwürfe der Medien zu reagieren und auf Tauchstation zu gehen.

Es schmerzte ihn allerdings, dass er in seiner Stellung weniger Kontakt zu Menschen hatte, besonders fehlten ihm die Mädchen. Er musste sich zurückhalten, denn die Kontakte seiner Glaubensbrüder zu Kindern wurden argwöhnisch beobachtet. Häufig bekam er anonyme Briefe mit Beschuldigungen, weniger gegen sich als gegen seine Kollegen.

Als Vorgesetzter hatte er diese Fälle für den Kardinal zu begutachten und zu bewerten. Er beurteilte sie milde, denn *wer ohne Sünde ist, der werfe den ersten Stein.* Die Beschuldigten beichteten ihre Sünden, erhielten Absolution und wurden meist in eine andere Gemeinde versetzt – möglichst weit weg vom Tatort. Dort wuchs dann Gras über die Übergriffe.

Im Traum dachte er noch oft an Marie. Sie wären das perfekte Paar gewesen. Er hatte immer ein Foto von ihr in seiner Brieftasche und schloss sie in seine Gebete mit ein. Feuchte Träume blieben nicht aus. Danach fühlte er sich zwar erschöpft, aber auch rein und erleichtert. Er dankte Gott, seinem Herrn und Schöpfer, für die Gnade, die er ihm, dem armen Sünder, hatte angedeihen lassen.

Er hatte nichts Schlimmes getan, denn er liebte Marie von ganzem Herzen. Solche Gefühle konnten nicht verwerflich sein. In Paulus' Römerbrief hieß es: *Die Liebe tut dem Nächsten nichts Böses. So ist nun die Liebe des Gesetzes Erfüllung.*

Salomos Hohelied beschrieb es so: *Die Glut der Leidenschaft ist unwiderstehlich wie das Totenreich.* Diese Flamme loderte in ihm.

Holzbichler nahm noch ein Glas Whiskey, um seine Seele zu beruhigen. Bevor er schlafen ging, besuchte er seine Privatkapelle. Er kniete sich in die Kirchenbank, schloss die Augen, faltete die Hände und betete zu seinem Herrn.

Plötzlich spürte er einen heftigen Stich in der linken Brust. Ihm wurde schummrig vor Augen und er sank in sich zusammen. Der Schmerz verschlimmerte sich. Ich sterbe, dachte er panisch. Er kroch auf die Bank hinter sich und schaute dem überlebensgroßen Gekreuzigten auf dem Altar ins Gesicht.

Demütig senkte er den Kopf und murmelte: »Mein Gott und Herr, aus ganzem Herzen bereue ich alle meine Sünden, nicht nur wegen der Strafen, die ich dafür verdient habe, sondern vor allem, weil ich dich beleidigt habe. Darum schwöre ich – mithilfe deiner Gnade –, nicht mehr zu sündigen, für meine Sünden zu büßen und alle Gelegenheiten zur Sünde zu meiden. Hilf mir, Herr, mein Gott.«

Die Herzschmerzen und die Panik verschwanden. Das ist ein Zeichen, dachte er, Gott ist barmherzig, verlangt aber Buße von mir.

Der Charme war schuld

Olga und Fahidi saßen sich gegenüber. Zwei Currywürste mit Pommes und Mayonnaise standen auf dem Tisch. Brathähnchen bräunten in einem verglasten Grill, BVB-Plakate hingen an den Wänden. Über allem hatte sich der scharfe Geruch von mehrmals gebrauchtem Pommesfett verteilt.

»Sehr romantisch hier«, stellte Olga fest. »Fehlt nur noch die Zigeunerkapelle.«

Fahidi lachte. Sie verstand Ironie und das gefiel ihm.

»Wollen Sie mir erzählen, wie Sie das alles verarbeitet haben?«, fragte Fahidi. »Sie waren doch erst zehn Jahre alt.«

»Ich hatte Probleme, das alles zu begreifen. Meine Mama war tot und würde nie wiederkommen. Jemand hatte sie verbrannt. Ich wurde von der Polizei und dem Staatsanwalt vernommen, das Jugendamt brachte mich zunächst in einer Klinik unter. Eine Frau, die am See lebte, besuchte mich oft. Das hat mir sehr geholfen.«

»Frau Sommerberg«, nickte Fahidi.

»Genau. Sie hat mich später adoptiert und das war Glück im Unglück.«

»Wussten Sie, dass der Priester Ihr Vater ist?«

Olga überlegte. »Darüber wurde nicht gesprochen. Auf jeden Fall hab ich Josef geliebt wie einen Vater. Als Mama mit mir schwanger war, hat die Kirche uns in einem Mutter-Kind-Heim untergebracht. Aber Josef hat uns trotzdem oft besucht. Er legte Wert auf Gehorsam – besonders ihm gegenüber. Manchmal war er auch streng. Er hat mir verboten, ihn Josef zu nennen. Ich musste Bruder Josef zu ihm sagen, und wenn ich das vergaß und mich verplapperte, hat er mich bestraft. Er nannte es Züchtigung. Dabei ahnten die meisten längst, dass er mein Vater ist.«

»Haben Sie denn auch ein paar schöne Erinnerungen an ihn?«, fragte Fahidi.

Olga dachte nach, nickte dann und sagte: »Da gab es mal ein Treffen. Er hat uns im Mutter-Kind-Heim besucht. Rund zwanzig Jahre ist das her, da war ich etwa fünf Jahre. Im Klostergarten hatte er einen Schmetterling gefangen und ihn mir gezeigt. Er lobte seine Schönheit und pries Gottes Schöpfung mit wunderbaren Worten. Mir gefiel das sehr gut. Ich saß auf seinem Schoß und wir sahen dem Schmetterling nach, als er in der Sonne davonflatterte. Er hieß *Kleiner Fuchs*. Danach hat er mir aus der Bibel vorgelesen.«

»Was hat dieses Idyll gestört?«, fragte Fahidi. »Warum sind Sie vor ihm geflüchtet?«

»Er wollte, dass Mama und ich bei ihm wohnen«, antwortete Olga. »Mama weigerte sich, wollte weg von ihm und von dem Kirchenkram. Das hat ihn sehr wütend gemacht. Er hat Mama gedroht, dass er mich in ein Heim gibt, weil sie eine schlechte Mutter sei. Und falls wir flüchten sollten, hat er gedroht, dass er uns überall finden würde.«

Fahidi nahm Olgas Hand. »Danke, dass Sie so offen sind. Darf ich Sie noch mal kontaktieren, wenn ich Fragen habe? Ich war noch nicht am Phoenix-See und würde mir gern einmal die sozialen oder sonstigen Konflikte erklären lassen. Immerhin gibt es nach wie vor noch viel Kritik an dem Projekt. Es wäre schön, wenn ich meinen Horizont etwas erweitern könnte. So könnte meine Entwicklung zu Ihrem Helden Fortschritte machen.«

Olga stimmte zu und legte ihre Hand auf seine, in der immer noch ihre andere Hand ruhte. »Eigentlich ist es nicht meine Art, offen zu Fremden zu sein. Irgendwas haben Sie an sich, Herr Oberstaatsanwalt.«

»Das nennt man Charme«, erklärte er grinsend. »Ich würde mich sehr freuen, Sie bald wiederzusehen. Und als vertrauensbildende Maßnahme schlage ich vor, dass wir uns duzen.«

»Ich sage jetzt nicht, dass ich Olga heiße. Aber ansonsten bin ich einverstanden.«

»Und ich sage nicht, dass ich Max heiße. Aber ich freue mich und werde dich nicht enttäuschen.«

Die Würste waren erkaltet, und die Soße hatte eine dunkle Kruste bekommen. Er bezahlte und beide verließen die Pommesbude.

»Soll ich dich nach Hause bringen?«

»Nein«, lächelte Olga. »Auf dem Brüderweg gibt es einen Bus, der am Phoenix-See hält.«

»Du bist schneller da, wenn ich dich fahre.«

»Ich weiß. Ich wohne bei meiner Adoptivmutter«, sagte Olga.

»Entschuldige, ich wollte nicht übergriffig sein.«

»Bist du nicht«, beruhigte sie ihn. »Ich fahre mit den Öffis, dann kann ich mich auf der Fahrt entspannen.«

Fahidi war verletzt, aber er sagte nichts. Er brachte Olga zum Bus. Sie winkte ihm zum Abschied. Er sah dem Bus nach. Er hatte das Gefühl, dass sein Leben sich durch diese schöne und komplizierte Frau verändern würde. Der Gedanke gefiel ihm sehr.

Reine Liebe

Holzbichler erholte sich schnell von dem Zusammenbruch in der Kirchenbank. Er ließ sich von einem Kardiologen untersuchen. Der stellte erhöhten Blutdruck fest, verschrieb ihm Medikamente und riet ihm, Stress und Aufregungen möglichst zu meiden, auch wenn es für ihn zurzeit schwierig sei. Der Arzt hatte in den Zeitungen von dem Skandal um den Bischof gelesen.

Holzbichlers Gedanken drehten sich um die Zeit mit Marie. Er nahm eine Prise Kokain, um die Erinnerungen bunter und deutlicher zu gestalten.

Das Mädchen landete nach dem tödlichen Unfall ihrer Eltern verschüchtert im Kinderheim. Sie hatte keine Ahnung von Glauben und Kirche. Er befal den Nonnen, Marie nicht zu bedrängen und nicht zu hart zu behandeln. Er erkor sie zu seinem Schützling.

Die Schwestern wussten, was das bedeutete: keine schwere Arbeit für Marie, keine Bestrafung wie Essensentzug oder Dunkelhaft und kein Zwang zum Gebet. Natürlich ahnten die *Armen Dienstmägde Jesu Christi*, was diese Anweisungen in Wirklichkeit bedeuteten. Wie gut, dass die Nonnen unterwürfig waren und Angst vor ihm hatten.

Er gewann Maries Herz schnell. Kleine Geschenke, Ausflüge und seine väterliche Art trösteten das Mädchen. Sie war stolz, dass sie es besser hatte als die anderen Mädchen. Für dieses Privileg wurde sie von den anderen Mädchen gemobbt und gemieden.

Holzbichler war sich sicher, dass er Marie geliebt hatte. Anfangs mit reinem Herzen. Später mit seiner ganzen Seele und erotischer Leidenschaft. Danach hatte er sich nie wieder etwas zuschulden kommen lassen. Zumindest nichts Gravierendes.

Er holte den Schlüssel für die Schublade in seinem Schreibtisch, kramte ein Fotoalbum hervor und blätterte darin. Fotos, die niemand außer ihm sehen durfte. Seine Lieblinge aus vergangenen Zeiten strahlten ihn an. Die kleine hellblonde Erika mit dem süßen Sprachfehler, die rothaarige wilde Sabine, die kokette Vanessa. Und Marie, die Schönste von allen. Meine Lieblinge, dachte er. Es war Liebe, nichts als Liebe. Leider war sie nicht rein geblieben. Tränen standen in seinen Augen.

Die restlichen Nachtstunden verbrachte Seine Eminenz Holzbichler mit noch mehr Whiskey und der Suche nach guten Taten in seinem Leben als Geistlicher. Die Liste war kurz.

Im Morgengrauen fiel er – von Alkohol betäubt – ins Bett. Seine letzten Gedanken galten einem Gott, der schon vielen reuigen Sündern vergeben hatte. Hilf du auch mir, schrie er Gott an, vergib mir!

Wat mutt, dat mutt

Sommerberg hörte durchs offene Fenster, wie das Leben in Hörde begann. Es musste kurz nach sechs Uhr sein, denn es galt das Nachtflugverbot.

Sie hatte trotzdem schlecht geschlafen, krabbelte aus dem Bett und schlich in die Küche. Sie wollte Olga nicht stören. Die hatte ihr am Abend vorgeschwärmt, dass der Oberstaatsanwalt kompetent, zugänglich und humorvoll sei.

Da läuft was, dachte Sommerberg. Und wenn jetzt noch nichts läuft, dann wird bald was laufen, wenn der Mann sich nicht zu ungeschickt anstellt. Olgas Interesse an Männern als Sexualpartner war bislang nicht zu erkennen.

»Ich brauche Kaffee«, rief Olga. Sie stand in der Tür – eingewickelt in ein Badetuch.

»Den kriegst du, wenn du mir mehr von dem tollen Staatsanwalt erzählst. Du scheinst ihn zu mögen und er dich auch.«

Olga errötete. »Ach was! Er will mich bestimmt nur aushorchen.«

»Warum glaubst du das?«

»Wegen seines Jobs.«

»Wie geht es weiter?«

»Wir waren nach der Vernehmung noch was essen«, antwortete sie. »Ich hab ihm versprochen, ihm den Phoenix-See zu zeigen, damit er sich einen Überblick verschaffen kann. Ich will ihn mit Günna zusammenbringen und mit dir.«

»Er gibt sich ja richtig Mühe«, stellte Sommerberg fest.

»Max will Beweise sammeln, um Mamas Mörder hinter Gitter zu bringen. Ich helfe ihm gern dabei. Max wird auch Adam vorladen.«

Ach, Olga, dachte Sommerberg, jetzt nennst du ihn schon Max.

Fahidi sammelte in den nächsten Tagen Fakten über Holzbichler und dessen Umfeld. Strafrechtlich war die Eminenz nicht in Erscheinung getreten, er machte seinen Job gewissenhaft und professionell. In den Medien verhielt er sich geschickt, auf Fotos posierte er perfekt. Und noch etwas bemerkte Fahidi: Zwischen Olga und Holzbichler gab es tatsächlich Ähnlichkeiten: Beide hatten leicht abstehende Daumen. Der Bischof umfasste seine Bibel genauso wie Olga ihr Wasserglas. Leider hatte diese Info keinerlei Auswirkungen auf den Mordfall.

Fahidi klappte den Ordner zu, nahm den Rechner vom Strom und packte seine Sachen. Ihn erwartete wieder ein einsamer Abend – allein in seinem Apartment. Das Fernsehen bot eine der zahlreichen Quizshows an, im Privat-TV lief die Serie *Killer-Nachbarn* und *Richterin Barbara Salesch* urteilte über kleinere Delikte.

Nein, heute nicht, entschied er. Er nahm die Straße in den Dortmunder Süden, bog zum Phoenix-See ab und fuhr zu der Kneipe, die dem See am nächsten lag. Sie hieß *Günnas Schmackes*.

Fahidi wusste aus den Akten, dass Marie vor fünfzehn Jahren dort als Tänzerin gejobbt hatte. Damals hieß der Laden noch *Grotte*.

Das Lokal war in die Jahre gekommen. Eine Renovierung lohnte sich nicht. Also hatte Brummer ein paar Jungs aus Hörde zusammengetrommelt, die das Allernötigste repariert hatten. Der Holztresen hatte eine neue Farbe bekommen, die Wände waren schwarz-gelb getüncht, die Stühle erneuert. Die Getränkeauswahl war fast identisch mit dem Angebot von früher. Lediglich ein paar Smoothies und alkoholfreie Cocktails ergänzten die Getränkekarte – eine Hommage an die jüngeren Hörder.

Fahidi klemmte sich auf einen Stuhl – mit dem Rücken zur Wand und freiem Blick zu Türen und Fenstern.

In diesem Milieu war Olga also aufgewachsen. Als er die Stelle bei der Staatsanwaltschaft angenommen hatte, hatten seine Freunde ihn bedauert. Sie waren Anhänger des Vorurteils, dass in Dortmund Briketts durch die Luft flogen, Industriedreck die Luft verschmutzte und die Menschen fehlerhaftes Deutsch sprachen.

»Hallo, Kinners«, dröhnte es durch den Raum. »Kann mir jemand mit den Pilskes helfen?«

Dem Aussehen des Mannes nach zu urteilen war er der Chef

Günna Brummer: ein großer, etwas klobiger Kerl mit gutmütigem Blick.

Brummer, der sonst jeden kannte, der die Kneipe besuchte, musterte ihn.

Fahidi lächelte, grüßte ihn und winkte ihn heran. Günna zog einen Stuhl an den Tisch und setzte sich.

»Wie isses?«, fragte er.

»Muss«, antwortete Fahidi. »Hier also hat Marie Bertoli getanzt?«

»Wer bist du?«

»Der Staatsanwalt«, entgegnete Fahidi. »Ich rolle den Mordfall wieder auf.«

»Sach bloß.« Es klang spöttisch. »Ging abba fix.«

»Erzähl mir was über sie!«, bat Fahidi.

Brummer gab der Kellnerin einen Wink. Sie brachte zwei Pils und zwei Kurze. »Wie viel Zeit hast du?«, fragte er.

»Genuch. Wat mutt, dat mutt.«

Beide ließen die Gläser klingen und Brummer legte los.

Frühe Vögel

Vom Balkon aus betrachtete Sommerberg den alten Walnussbaum vor ihrem Haus. Eichhörnchen benutzten ihn als Fitnessgerät. Die Tierchen jagten sich gegenseitig, quiekten und brummten, versteckten sich voreinander. Sie bekriegten sich nicht, sondern spielten miteinander. Etwas weiter protestierten die Kanadagänse, wenn Greifvögel über den See glitten. Krähen krächzten am Himmel. Sie ließen sich auf Abfalleimern nieder und pickten darin nach Futter. Die Vögel waren früher dran als die Reinigungskräfte der Stadtverwaltung. Die kamen erst gegen Mittag und räumten den Müll weg.

Von hier aus konnte Sommerberg auch Maries Gedenkstätte und den ehemaligen Campingplatz sehen. Gerade leuchtete dahinter die Sonne auf. Der Himmel hatte ein dramatisches Feuerrot.

Ein einzelner Mensch, den es wohl nicht im Bett gehalten hatte, ging die Straße zum Hügel hinauf. Sein Gang war unsicher wie der eines Betrunkenen. Er blieb stehen und sah sich um. Dann schaute er zu ihr und hob die Hand. War das ein Gruß oder verjagte er nur Insekten?

Plötzlich tauchte Olga auf. Sie hatte ein Fernglas in der Hand.

»Da läuft ein Mann die Straße zu Mamas Stein. Kennst du ihn?«

»Ich konnte ihn ohne meine Brille nicht erkennen.«

Olga suchte die Gegend ab. Da war er. Er saß bereits auf der Bank – den Kopf gesenkt. Olga versuchte, das Bild scharf zu bekommen, doch es klappte nicht. Der Morgendunst machte sein Gesicht milchig.

»Er ist da«, rief sie panisch. »Er sitzt auf der Bank an Mamas Stein.«

»Wer?«

»Bruder Josef!«

»Quatsch! Das kann jeder sein«, versuchte Sommerberg sie zu

beruhigen. »Das ist irgendein Penner, der es nicht mehr ins eigene Bett geschafft hat.«

»Und warum sitzt er dann bei Mama?«

»Verdammt«, schimpfte Sommerberg und stieg in ihre Schuhe. »Das werde ich jetzt rauskriegen.«

Sie schlüpfte in eine Jacke und steckte ihre Waffe ein. »Du rührst dich nicht vom Fleck und lässt niemanden in die Wohnung.«

Muckefuck geht immer

Nein, er war es nicht. Es war Günna Brummer, der – nach einer langen Nacht in seinem Café – hackenstramm noch etwas Luft schnuppern wollte. Es war mühsam genug gewesen, Maries Gedenkstein und die Bank zu erreichen. Jetzt döste er vor sich hin. Sommerberg setzte sich neben ihn.

Er gab merkwürdige Laute von sich. Der Name Marie kam mehrfach darin vor. Sie war gerührt. Dass dieser Kerl von Marie so entzückt gewesen war, war ihr damals nicht aufgefallen.

Brummer wachte auf, als Sommerberg nach seiner Hand griff. Er schreckte hoch und starrte sie an.

»Hallo, Günna, alles ist gut«, sagte sie leise. »Marie freut sich bestimmt, dass du ihr einen guten Morgen wünschst.«

Er wischte sich die Augen. »Sommerberg, wat machst du Kaline hier?«, polterte er los. Er hatte zu seinem alten Ton zurückgefunden.

»Ich konnte nicht schlafen«, antwortete sie. »Und dann hab ich dich hier oben sitzen sehen. Und jetzt hab ich Lust auf deinen Muckefuck. Geht das?«

»Gebongt«, nickte er und rappelte sich auf.

Arm in Arm kraxelten sie die Treppe zum Café hinab. Der Kaffeegeschmack machte Sommerberg lebendig.

Günna holte sich ein Bier. Er sah ihren tadelnden Blick und murmelte: »Ein Pils am Morgen bringt Elend und Sorgen.«

»Amen!«, reagierte Sommerberg.

Das Bier war schnell verschwunden.

»Ich hau mich noch mal hin«, kündigte Brummer an und verschwand in seinem Büro. »Wenn du fertig bist, hau die Tür einfach zu. Bei mir ist ab jetzt Ruhetach.«

Gute Wünsche

Seine Exzellenz Josef Holzbichler kaufte ein. In Passau versorgte er sich mit Utensilien für seine Reise nach Dortmund. Der Dienstwagen blieb am Bischofssitz, er würde den Nahverkehrszug nehmen, der an jedem Kuhdorf hielt, was seine Nervosität steigerte. Er hatte seinen Talar ebenfalls zu Hause gelassen und sich in Jeans und T-Shirt geworfen. Auf dem Kopf trug er eine Baseballmütze. Niemand würde ihn erkennen – da war er sicher. Er schlich sich durch die Garage ins Freie.

In einem Herrenausstatter in der Fußgängerzone fragte er nach einem modernen dunklen Anzug – vielleicht mittelblau – aus bestem Stoff. Dem Verkäufer erzählte er etwas von der Hochzeit seiner Schwester. Zwei Seidenhemden, ein Schlips und eine Fliege wanderten ebenfalls in die Einkaufstasche.

»Mein Herr, Sie können alles tragen.«

Josef lächelte und bedankte sich artig. Jetzt war er bereit.

Auf dem Weg zurück zu seiner Residenz kaufte Holzbichler noch zwei Flaschen Whiskey und einen Koffer, um darin die Einkäufe zu verstauen. Die Tasche aus dem Modegeschäft hatte einen auffälligen Werbeaufdruck, an den man sich vielleicht würde erinnern können. *Vorsicht ist die Mutter der Porzellankiste.* Diesen Spruch hatte Frau Voss, seine frühere Haushälterin, immer gebraucht. Er musste unwillkürlich schmunzeln. Die Alte lebte nicht mehr, konnte also nicht mehr zu seinen Exerzitien mit Marie aussagen. Sie hatte sich zwar in einem wirren Brief geäußert, doch die Frau war damals schon alt, dement und damit nicht mehr ernst genommen worden. Aber die Verjährung war das Wichtigste, sie schützte ihn vor einer Anklage wegen Kindesmissbrauchs.

Blieben noch die Mordvorwürfe. Sein treuloser Sekretär hatte ihn hingehängt. Das ärgerte ihn. Er hatte ihm jahrelang Geld gezahlt, damit er bei seiner Aussage blieb. Er hatte Mayerling falsch eingeschätzt. Seine Unterwürfigkeit war eine Lüge.

Prompt lief ihm Mayerling über den Weg. Er war ebenfalls dabei, seine Sachen zu packen, denn er verließ Passau.

»Ich wünsche Eurer Eminenz viel Glück und Gottes Beistand«, lächelte er.

»Und ich wünsche Ihnen, dass Sie in der Hölle schmoren, und zwar in alle Ewigkeit«, zischte Holzbichler. »In der Finsternis, in der Heulen und Zähneklappern herrschen vor dem Tag des Gerichtes.«

Mayerling lachte. »Dann treffen wir uns ja wieder!«

Foto-Erinnerungen

Er musste noch belastendes Material vernichten. Josef hatte seine Exerzitien mit Marie häufig fotografiert und sich an ihrer kindlichen Schönheit ergötzt. Diese Momente hatte er auf Bildern festgehalten, die gut versteckt in einer Kassette lagerten.

Einmal noch, nur einmal wollte er sich die Erinnerungen anschauen, um sie dann möglichst schnell zu vergessen. Er war inzwischen über fünfzig. Seinen Sexualtrieb hatte er einigermaßen unter Kontrolle bekommen. Er warf die Bilder in die Badewanne, betrachtete einige Fotos in der Hoffnung, sie sich für immer einprägen zu können.

Marie, seine Schöne, nackt in der Badewanne. Marie, seine Liebste, herumtollend bei einer Kissenschlacht in seinem Bett, und Marie – mit geöffneten Schenkeln – auf seinem Schreibtisch liegend. Da lachte sie nicht mehr.

Er warf zerknüllte Zeitungen auf die Fotos und entzündete sie.

Als alles vernichtet war, kratzte er die erkaltete Asche zusammen, packte sie in eine Blechdose und spülte die Badewanne sauber. Die Dose verstaute er in seinem Privatauto, um sie später an irgendeiner Autobahnraststätte zu entsorgen. Er war vorbereitet.

Nur ein Trick

Fahidi rief Olga an und informierte sie darüber, dass er mit Brummer gesprochen hatte. Eigentlich war es nicht üblich, Zeugen über Ermittlungen zu informieren. Er tröstete sich damit, dass es eher harmlose Recherchen zum Umfeld eines Mordopfers waren, von denen man nicht wissen konnte, ob sie tatsächlich relevant sein würden.

»Es soll da einen Gedenkstein für deine Mama geben«, sagte Fahidi. »Könntest du mir den mal zeigen?«

Nur zu gern stimmte Olga zu und sie beschrieb ihm den Weg dorthin.

Er war vor Olga am Stein. Der Blick von hier aus war Idylle pur. Er hatte Fotos von dem Gelände gesehen, auf denen die altersschwachen Wohnwagen für die Tänzerinnen zu sehen waren. Er konnte sich kaum vorstellen, dass Marie und Olga hier gehaust hatten. Inzwischen war der Platz baureif gemacht worden. Die Grundstücke waren mit Flatterband abgesteckt und Werbeschilder von Architekten und Baufirmen suchten neue Kunden.

Olga kraxelte den Hügel hinauf. Sie entdeckte ihn und winkte ihm zu. Oben angekommen, packte sie eine Flasche Wasser aus.

»Hallo, Olga, schön, dass du da bist.« Etwas Dümmeres konntest du nicht sagen, dachte er.

»Ich freu mich auch.« Etwas Blöderes fällt mir nicht ein, dachte sie.

»Und? Gefällt dir die Aussicht?«, fragte sie.

»Ganz gut. Das wird richtig chic, wenn's fertig ist«, nickte er. »Ich habe übrigens Herrn Brummer in seinem Café getroffen, ein sehr freundlicher Mann. Er hat deine Mutter angebetet. Als er sie mir beschrieb, hatte er Tränen in den Augen.«

»Mama hatte viele Freunde und Günna war einer der besten«,

sagte Olga. »Manche bringen heute noch Blumen zu ihrer Gedenk-stätte und erinnern sich an sie. An ihrem Todestag veranstaltet Günna Brummer eine Matinee für sie und alle kommen. Na ja, fast alle. Die Zugezogenen aus den Palästen wissen ja nicht, was damals passiert ist.«

»Ich habe den Bischof vorgeladen«, berichtete Fahidi, »eine Ant-wort gab es noch nicht.«

»Er soll nach Dortmund kommen?«

»Ja, er muss. Ignoriert er die Vorladung, so kann ein Ordnungsgeld verhängt werden. Es gibt auch noch die Möglichkeit, Ordnungshaft anzuordnen. Er kann sich natürlich ein Attest wegen einer Krankheit geben lassen und so viel Zeit gewinnen.«

»Das macht er nicht. Passt nicht zu seinem Selbstbild.«

Fahidi nahm einen Schluck Wasser. »Ich habe eine Bitte an dich. Du bist seine Tochter und behauptest, dass du dich mit ihm versöhnen willst. Triff dich mit ihm – das könnte die Lage entspannen.«

»Wie bitte?«, fragte Olga entsetzt. »Ahnst du, was das für mich bedeutet?«

Er legte den Arm um sie. »Mir fällt gerade kein besserer Trick ein.«

Verpasstes Glück?

Adam Anderson wusste aus den Zeitungen um die Wiederaufnahme der Mordermittlung in Sachen Marie Bertoli. Er war deshalb nicht überrascht, eine Vorladung von der Staatsanwaltschaft Dortmund zu bekommen. Die Hilfeschreie von Marie verfolgten ihn nach den vielen Jahren noch immer. Wenn er Filme sah, in denen Frauen schrien, oder Filme, in denen Feuer loderten, kam alles wieder hoch. Und jetzt das. Verdächtigte man ihn etwa, mit der schrecklichen Tat etwas zu tun zu haben? Er rief Fahidi an und stellte ihm diese Frage.

»Nein«, antwortete der Oberstaatsanwalt. »Ich will nur wissen, was Frau Bertoli genau geschrien hat, als der Wohnwagen in Flammen stand. Das fehlt in dem Protokoll von damals.«

Anderson verstand. Er beschloss, der Ladung zu folgen. Vielleicht könnte er dann die Bilder und Geräusche von damals endlich vergessen.

Nicht vergessen wollte er jedoch das Bild von Marie, dieser grazilen, schönen und depressiven Frau, die nicht mehr damit gerechnet hatte, ihr Glück zu finden. Damals hatte sie ihm nicht viel über ihr Leben erzählt, hatte den Missbrauch durch diesen Bischof, Olgas Vater, verschwiegen. Vielleicht hätte er sie aus ihrer Angst befreien können und sie wären glücklich geworden.

Er schaute sich die Flugverbindungen von Krakau nach Dortmund an, suchte Sommerbergs Telefonnummer und kündigte seinen Besuch an.

Adam war vor zehn Jahren in die polnische Stadt übergesiedelt. Hier war alles so anders als in Deutschland. Die Stadt hatte eine lange, interessante Geschichte und einen der schönsten Marktplätze in Europa. Zunächst wohnte er im *Wentzl*, einem fünfhundert Jahre alten Gebäude, das heute ein Hotel war und direkt im Zentrum lag.

Später nahm er sich eine kleine Wohnung in der Altstadt. Er heuerte bei einem Touristikunternehmen an, das sowohl romantische Ausflüge in die Gegend mit Pferdekutschen anbot als auch Besichtigungen des Konzentrationslagers Auschwitz. Die Besucher des KZs gaben immer mehr Trinkgeld als die Touristen in den Kutschen – besonders, wenn sie aus Deutschland kamen.

Zwei Rituale in Krakau waren Adam wichtig: der Wächter auf dem Turm der Marienkirche, der zu jeder vollen Stunde das Lied *Hejnał* spielte ... aber nur bis zu der Stelle, an der der Trompetenwächter im Jahr 1241 durch einen Pfeil von Tataren starb. Die heutigen Trompeter brachen genau an dieser Stelle ab. Die Geschichte gefiel den Krakau-Touristen.

Das zweite Ritual waren Adams Besuche im Czartoryski-Museum, in dem ein Kunstwerk hing, das man hier nicht vermutet hätte: Leonardo da Vincis Gemälde *Die Dame mit dem Hermelin*. Adam sah dieses Bild zufällig auf einer Postkarte und es hatte ihn sofort elektrisiert. Die abgebildete junge Frau hatte eine verblüffende Ähnlichkeit mit Marie: ein schmales Gesicht mit kleinem Mund und feinen Augenbrauen, eingehüllt in ein schlichtes Kleid. Ein weißes Hermelin lag entspannt in ihren Armen. Da Vinci hatte das Bild um 1490 gemalt. Dargestellt wird die siebzehnjährige Cecilia Gallerani, eine Mätresse des Mailänder Herzogs Ludovico Sforza.

Adam packte seinen Koffer, Cecilia wanderte in einen Pappumschlag, den er vorsichtig auf seine Kleider legte.

Zwischen Hass und Liebe

Holzbichler schleppte die Koffer und setzte sich in seinen Privatwagen. Er hatte sich gegen die Bahn entschieden. Mit dem Auto würde er flexibler sein. Niemand wusste von dem Ziel seiner Reise, denn er hatte keine Lust, von einer Polizeieskorte oder der Presse empfangen zu werden. Bevor er sein Inkognito lüftete, wollte er zunächst die Lage in Dortmund prüfen.

Sein privates Vermögen hatte er in Sicherheit gebracht. Auch an das Geld, das ihm die Sekte für die Vermittlung des Klosterkaufs gezahlt hatte, käme niemand so leicht heran.

Aufgewühlt war er nur bei dem Gedanken, seine Tochter wiederzusehen. Olga, die göttlich-irdische Verbindung zwischen ihm und seiner Marie. Aber auch der lebende Beweis für seine Sünden. Ob sie so schön war wie ihre Mutter? Verdammt, dachte er, ich habe Angst. Ihm fiel der Vers des Propheten Jesaja ein: *Fürchte dich nicht, denn ich bin mit dir. Hab keine Angst, denn ich bin dein Gott. Ich helfe dir, ja, ich mache dich stark.*

Er startete den Wagen, der sich leise und elegant in den Verkehr einfädelte.

Höllenlärm

In Hörde mietete Holzbichler ein Zimmer im *Boutique Hotel*, noch nicht einmal einen Kilometer vom See entfernt. Es war Abend und er fragte nach einem gemütlichen Restaurant. Es wurde ihm das *Treppchen* empfohlen. Es lag in einem heimeligen Fachwerkhaus aus dem Jahre 1763 mit einem Biergarten, von dem aus man den See überblicken konnte.

Holzbichler ließ sein Auto am Hotel stehen. Auf der vierspurigen Straße zum *Treppchen* lieferte sich die Hörder Jugend ein Motorradrennen. Der Lärm der Motoren hätte aus der Hölle kommen können.

Er flüchtete in den Biergarten. Die Fassaden der weißen Häuser am See leuchteten und spiegelten sich im Wasser wider. Der Weg rund um den See war dezent beleuchtet und mit Bänken ausgestattet.

Holzbichler bestellte eine Flasche Chianti. Die dunkelrote Flüssigkeit wärmte ihn. Er schloss die Augen und lauschte den Geräuschen.

Da war ein Flugzeug über der Stadt, entferntes Glockenläuten, arabische Musik aus vorbeifahrenden Autos und wirres Gebrabbel am Nebentisch. Plötzlich hörte er den Schrei einer Frau. Er wurde immer lauter, wilder, hysterischer. Dann schwoll er ab zu einem Wimmern, bis er erstarb. Holzbichler schluchzte und verbarg sein Gesicht in den Händen. Was geschah gerade? Wollte Gott ihn an seine Schuld erinnern?

Er öffnete wieder die Augen. Auf der Straße kontrollierte eine Polizeistreife vier junge Männer und eine Frau.

»Will der Herr zahlen?«, weckte ihn der Kellner aus seiner Erstarrung.

Mit fahrigen Fingern fischte Holzbichler einen Hundert-Euro-Schein aus der Hosentasche, legte ihn auf den Tisch und verschwand.

Am Morgen musste sich Holzbichler zusammenreißen, um aus dem Bett zu kommen. Im Spiegel sah er ein aufgedunsenes Gesicht mit Tränensäcken, Bartstoppeln und glanzlosen Augen. Er duschte kalt und schlich zum Frühstücksbüfett. Er stopfte sich voll, trank viel Kaffee und nahm zwei Aspirin. Er wartete, bis sie seinen hämmernden Kopfschmerz beruhigt hatten.

An der Rezeption bat er um ein Taxi. Das war unauffälliger, und der Restalkohol in seinem Blut würde keine Rolle spielen.

Er nannte dem Taxifahrer die Adresse von Sommerbergs Wohnung. »Da bist du Tünnes per pedes abba fixa«, grummelte der Fahrer.

Frage ohne Antwort

Adam Andersons Aussage bei der Staatsanwaltschaft brachte keine neuen Erkenntnisse. »Sie hat gekreischt, geweint, geheult, mit den Händen an die Wohnwagentür gehämmert und den Namen Josef gerufen ... Josef, geh weg. Josef, hilf mir doch, Josef, warum machst du das? Irgendwann konnte sie nicht mehr schreien, sie jammerte nur noch.«

»Konnten Sie nichts unternehmen?«

»Wie denn?«, schrie Adam. »Mir lief Blut übers Gesicht, ich war benommen. Das Feuer war so heiß – ich konnte kaum atmen.«

»Entschuldigen Sie, aber ich muss diese Fragen stellen.« Fahidi reichte Adam ein Papiertaschentuch. »Glauben Sie, dass der Bischof Marie Bertoli getötet hat?«

Adam antwortete nicht.

»Kann sie sich geirrt haben?«, fragte Fahidi. »Der Täter war sicherlich maskiert.«

»Der Kerl, der mich zusammengeschlagen hat, trug jedenfalls eine schwarze Skimaske.«

»Können Sie ihn näher beschreiben?«

»Das habe ich damals alles schon der Polizei erzählt«, entgegnete Adam. »Er war groß, schwarz gekleidet und schlug mich mit einem dicken Ast nieder. Ich war sofort weg. Wie lange, das weiß ich nicht.«

»Hatten Sie und das Opfer Zukunftspläne?«

»Dazu war es noch zu früh«, murmelte Adam. »Aber ich war sehr verliebt. Kennen Sie das Gemälde von Leonardo da Vinci?«

Fahidi war überrascht. »Die *Mona Lisa*?«

»Nein. *Die Dame mit dem Hermelin.*«

»Kenne ich nicht. Warum fragen Sie?«

»Sie ist Marie wie aus dem Gesicht geschnitten.«

Hostien als Snack

Sommerberg erkannte den Mann vor ihrer Wohnungstür sofort. »Treten Sie ein, Herr Holzbichler.«

»Ich danke Ihnen.« Seine Stimme war tief und sanft. Er folgte ihr ins Wohnzimmer.

»Sie kommen wegen Olga?«, fragte sie.

»Ja. Es wird Zeit, dass wir einige Missverständnisse zwischen uns klären.«

»Sie hätten sich ankündigen sollen«, sagte sie. »Dann hätten wir etwas vorbereiten können ... ein Kruzifix an der Wand, Messwein und ein paar Hostien als Snack.«

»Sie mögen Ironie, meine Tochter«, entgegnete Holzbichler. Er lächelte maliziös. »Gefällt mir. Ich bin für direkte Konfrontation. Improvisation ist meistens ehrlicher als vorgeplante Gedankengebilde.«

Sommerberg lachte auf. »Ja, und Sie sind ja für Ihre Ehrlichkeit bekannt.«

»Ich komme in Frieden«, behauptete er, hob die Hand und malte ein Kreuz in die Luft.

Der Flug von Krakau nach Dortmund hatte etwas mehr als anderthalb Stunden gedauert. Adam hatte seine Ankunftszeit bei Sommerberg hinterlassen. Olga hatte ihn am Airport abgeholt.

Er hatte kaum noch Erinnerungen an das Mädchen, das inzwischen eine erwachsene Frau sein musste. Während der ersten Mordermittlungen hatte er sie aus den Augen verloren, weil sie mit einem Schock im Krankenhaus lag. Wie würde sich Olga ihm gegenüber verhalten? Vielleicht machte sie ihm Vorwürfe, weil er Marie am Tag des Mordes allein zum Wohnwagen hatte gehen lassen?

Da war sie. Winkte ihm zu und lächelte. Seine Befangenheit verschwand.

»Hallo, Adam. Schön, dass du da bist.« Sie umarmte ihn. Vielleicht wäre ich ihr Adoptivvater geworden, fiel ihm ein. Vielleicht hätte er mit Marie Kinder gehabt, wenn dieser Kerl sie nicht getötet hätte.

Er schaute sie an. Sie war genauso schön wie ihre Mutter, größer als sie, mit einem energischen Kinn und einem Grübchen in der Wange.

»Ich freu mich auch, dich zu sehen«, sagte er lahm. »Ich denke, wir haben uns viel zu erzählen.«

»Sommerberg und Holzbichler erwarten uns.«

»Was?«

»Holzbichler hat, genau wie du, eine Ladung der Staatsanwaltschaft«, antwortete Olga. »Sommerberg und ich bitten dich, die Nerven zu behalten. Kriegst du das hin?«

»Ich weiß es nicht. Hat er sich schon geäußert?«

»Ich habe ihn noch nicht gesprochen. Ich war schon auf dem Weg zum Flughafen.«

In Sommerbergs Wohnung blieb Adam im Hintergrund, Olga dagegen ging auf Holzbichler zu.

»Bruder Josef«, stellte sie fest und musterte ihn.

»Olga«, krächzte er. »Meine liebe Tochter.«

Olga wurde übel, doch sie zeigte es nicht. »Ich freue mich auch, dass du gekommen bist«, behauptete sie. »Ich möchte gern Frieden mit dir schließen, auch weil Mama es so gewollt hätte.«

Adam wandte sich ab. Was für ein elendes Theater, dachte er. Dieser verdammte Kinderschänder führte sich auf wie ein Heiliger. Welches Spielchen spielte Olga hier?

»Ich möchte mit Bruder Josef einen Spaziergang machen«, kündigte Olga an. »Ist das in Ordnung für euch?«

Sie wartete die Antwort nicht ab, sondern nahm Holzbichler am Arm und schob ihn durch die Tür.

Sommerberg und Adam waren perplex.

»Hat Olga einen Plan?«, fragte Adam irritiert.

»Darauf kannst du wetten«, nickte Sommerberg. »Sie will mit ihm zu Mamas Stein.«

»Was ist Mamas Stein?«, fragte Adam.

Sommerberg erklärte es ihm.

»Ich will wissen, was da passiert.« Adam lief zur Tür.

Liebe zur Kreatur

Adam folgte den beiden mit Abstand. Er sah, wie sich Olga und Holzbichler unterhielten, und er wunderte sich, dass der Priester sie unterhaken durfte. War das Olgas Plan? Ihn einzulullen? Oder fand vor seinen Augen eine kitschige Vater-Tochter-Versöhnung statt?

Zwischendurch blieb das Paar stehen, ohne das Gespräch zu unterbrechen. Olga gestikulierte, Holzbichler nickte ab und zu und griff nach ihrer Hand. Es war eine unterwürfige Geste, fast flehend.

Adam schlug sich durch Schilfrohr und Binstensträucher, um vor den beiden an Maries Stein zu sein und sie belauschen zu können.

Er versteckte sich hinter einer dichten Weide und wartete.

Da kamen sie. Holzbichler stand der Schweiß auf der Stirn, seine Haare waren feucht, das Hemd stand halb offen. Seine Gesichtsfarbe tendierte gegen Rot. Von dem arroganten Gottesdiener war nicht mehr viel zu erkennen. Olga lächelte in sich hinein.

So sehen Rachegöttinnen aus, die einen Job machen wollen, dachte Adam.

Sie setzte sich auf die Bank, streckte die langen Beine von sich und reckte sich.

»Setz dich doch«, forderte sie den Priester auf und klopfte zweimal auf den Platz neben sich, als wollte sie einen Schoßhund anlocken.

Holzbichler nahm Platz – ohne zu zögern.

»Ich frage mich seit Jahren, warum ein so glänzender Theologe wie du sich an einem minderjährigen Mädchen vergreift und es schwängert«, sagte Olga. »Was ging da durch deinen Kopf?«

Mit einem Taschentuch trocknete Holzbichler seine Stirn. »Mein Kopf war an der Sache nicht beteiligt. Meine Seele und meine Liebe zur Kreatur allerdings schon.«

»Bezeichne meine Mama nicht als Kreatur«, schnippte Olga. »Ich sage ja auch nicht Kinderficker zu dir.«

»Du bist hart, Olga. Du siehst deiner Mutter sehr ähnlich, aber das ist auch schon alles. Deine Ausdrucksweise ist ungehörig und brutal.«

»Danke, dass du mir semantisch auf die Sprünge hilfst, Josef.«

»Ich habe deine Mutter geliebt. Mit reinem Herzen.«

Kommt darauf an, wo bei ihm das Herz sitzt, dachte Olga. Sie musste ihren Zynismus zügeln, sonst würde er flüchten und das wäre nicht gut für ihren Plan.

»Lassen wir das.« Ihre Stimme wurde sanft. »Der Missbrauch an ihr ist strafrechtlich verjährt. Jetzt geht es um den Mord an Mama.«

Holzbichler sagte nichts. Wäre ich bloß nicht hierhergekommen, dachte er. Das Jüngste Gericht konnte nicht härter sein als diese Frau.

»Du hast einen völlig anderen Charakter als Marie. Vielleicht bist du gar nicht meine Tochter.«

Marie lachte. »Das könnte dir so passen, Josef. Guck mal!« Sie hob beide Hände und hielt sie ihm vor das Gesicht. Er betrachtete sie. Die Daumen an beiden Händen hatten die gleiche Form wie seine: abstehend und das obere Glied leicht nach außen gebogen.

»Alles klar?«, fragte Olga spöttisch.

Holzbichler wurde ärgerlich. »Was soll das Theater? Was willst du?«

»Hast du Mama getötet?«

Er schwieg.

»Ich möchte dir von Mamas Tod erzählen. Weißt du, wie sie gestorben ist?«

Holzbichlers Blick flackerte. »Es stand in allen Zeitungen. Ich war tief betroffen. Ich habe sehr oft an euch gedacht und euch in meine Gebete eingeschlossen.«

»Sie hat deinen Namen geschrien, bevor sie bei lebendigem Leib verbrannt ist.«

»Aber doch nicht, weil ich es war! Wenn, dann hat sie mich um Hilfe angerufen«, widersprach er.

»Mama hätte dich nie um Hilfe angefleht! Sie war auf der Flucht vor dir. Weil sie sich und mich vor deinen Nachstellungen schützen wollte.«

»Es gibt nicht den Hauch eines Beweises, dass ich Marie ermordet habe.« Er strich über den Gedenkstein und zeichnete mit dem Zeigefinger Maries Namen nach.

»Glaub mir doch einfach, dass ich sie geliebt habe. Meine Leidenschaft hat mein Fleisch leider schwach werden lassen. Ich habe Schuld auf mich geladen, aber ich schwöre bei Gott, dass ich mit Maries Tod nichts zu tun habe.«

Olga sah Josef in die Augen. »Du schwörst bei Gott?«

Er griff nach ihrer Hand. »Was kann ich noch tun, damit du mir glaubst?«

»Ich werde darüber nachdenken«, antwortete Olga. »Und ich habe auch schon eine Idee.«

Verdammt lebendig

Adam hatte genug gehört. Er war frustriert, weil Olga offenbar mit Holzbichler Frieden schließen wollte. Marie hatte in Todesangst um ihr Leben gefleht, weil sie genau wusste, wer das Benzin gegen den Wohnwagen geschleudert und das Streichholz entzündet hatte.

Er verstand nicht, dass sein Herz immer noch an einer Frau hing, von der nichts mehr übrig war als ein Häufchen Asche und ein paar Knochen. Marie war so verdammt lebendig, wenn er an sie dachte. Er hörte ihre Stimme, spürte ihre Hand, die seine Hand gesucht hatte, und roch manchmal ihr Parfum, wenn er in der Nacht aufwachte. Das waren schöne Momente.

Dabei waren er und sie nie über harmlose Berührungen hinausgekommen. Es hatte keinen Sex und auch keine anderen geilen Momente gegeben. Da war nur die tiefe Zärtlichkeit, die zwei Seelen füreinander empfanden. Eine Zärtlichkeit, die niemals wiederkommen würde.

Leuchtende Fische

»Was hast du vor?«, fragte Holzbichler.

»Ich möchte mit dir zusammen die leuchtenden Fische im See suchen.«

Holzbichler verstand nicht. »Leuchtende Fische?«

»Damals vor fünfzehn Jahren war der See noch nicht geflutet. Man munkelte, dass in dem Wasser, das später in den See gelassen wurde, Fische leben, die nachts leuchten, weil das Wasser und der Boden durch Chemikalien aus dem Stahlwerk – zum Beispiel Phosphor – verseucht waren. Es wurde erzählt, dass die Fische das verschmutzte Futter fraßen und zu leuchten beginnen würden. Als Kind ließ mich diese Vorstellung nicht los. Ich hab mir immer gewünscht, diese leuchtenden Fische zu sehen, und Mama hat mir versprochen, sie mir zu zeigen, wenn der See geflutet ist. Meine Bitte ist, dass du jetzt mit mir nach den Fischen suchst.«

»Du willst mit mir schwimmen gehen?«, fragte er ungläubig.

»Aber nein«, sagte Olga, »wir mieten ein Holzboot. Direkt am See gibt es ein Café. Der Wirt hat ein Holzboot, das er mir leihen wird.«

»Und was soll das bringen?«, fragte er.

»Es ist eine Sentimentalität«, antwortete sie. »Vielleicht ein Weg zu meinem seelischen Frieden. Zum Frieden mit dir. Als Kind habe ich mir die Fische etwa so vorgestellt. Hier!«

Sie zog ein Blatt Papier aus ihrer Tasche: eine bunte Kinderzeichnung von einem Fantasiefisch. Er war fast so schmal wie ein Aal, silberfarben mit schwarzen Schuppen. Die sechs Flossen waren feuerrot mit gezackten Enden. Der Schwanz war federartig und gelb, das Wasser türkis.

»Das habe ich mit zehn oder elf Jahren gemalt. Wenn wir die Fische leuchten sehen, finde ich meinen Frieden, und du hörst nie wieder von mir. Ich verspreche es dir.«

Holzbichler stimmte zu. Wenn es nicht mehr ist, dachte er.

Leuchtende Vögel

In Günnas Café bereitete Olga die Bootsfahrt mit Holzbichler vor. Gegenüber Brummer behauptete sie, den nächtlichen Ausflug zu Ehren ihrer Mutter zu machen, um endlich die leuchtenden Fische zu sehen. Von Holzbichler sagte sie nichts.

»Ich kann dir jetzt schon sagen: Da unten leuchtet nix«, behauptete Günna. »Das war eine Erfindung von den Stadtfuzzis, um Touris anzulocken. Hat sich aber schnell erledigt, als der See geflutet war und immer neues Wasser reinströmte. Die Stadt hat behauptet, dass dadurch der Dreck im Boden verdünnt wurde und die Fische kein Phosphor mehr knabbern konnten. Später haben angeblich die Vögel geleuchtet, weil sie die giftigen Fische gefuttert hatten. Den Hördern gefiel das, und einige wollten der Stadt einen Vogel abkaufen, um zu Hause Strom zu sparen. Jau, das warn noch Zeiten. Damals hatte ich noch zwei Boote mehr und das Café lief wie geschmiert. Allet passé!«, seufzte Günna. »Heute bringen sich die jungen Kerls und ihre Bräute Bierkästen und Schnaps mit, verkriechen sich im Gebüsch und lassen's krachen. Und am Morgen liegen da Flaschen, Kotze und Pariser.«

Der große Mann hatte Tränen in den Augen.

»Ach, Günna«, lächelte Olga. »Alles fließt. Nicht nur das Wasser im See, sondern auch das Leben – zumindest meistens.«

»Du denkst an deine Mama«, nickte Günna.

»Ja. Und ich kann es nicht ertragen, dass ihr Mörder immer noch nicht bestraft wurde.«

»Weißt du eigentlich, dass ich damals in deine Mama schwer verliebt war?«

Olga war überrascht. »Wusste Mama das?«

Günna verneinte. »Ich hätte mich nie getraut, ihr das zu sagen. So eine schöne Frau und ein Klotz wie ich. Ich wusste, dass ich keine Chance hatte bei ihr.«

»Sie hat dich sehr gemocht und war dir dankbar, dass du uns damals geholfen hast – mit Job und Unterkunft. Und deiner Zuneigung.«

»Das hat sie mir auch gesagt und ich freue mich drüber. Aber Dankbarkeit und Mögen sind was anderes als Liebe. Und dann kam dieser Adam. Der passte natürlich viel besser zu ihr.«

Brüder im Geiste

Der Flug von Dortmund nach München dauerte anderthalb Stunden. Dort nahm sich Batista einen Mietwagen für die hundertsiebzig Kilometer nach Passau. Er hatte das Vernehmungsprotokoll von Holzbichlers Sekretär Mayerling sowie einige Zeitungsmeldungen von damals in der Aktentasche und eine Taktik im Kopf.

Der Bischofssitz lag außerhalb der Innenstadt in einem Barockgebäude, dem früheren Lustschloss eines Adeligen, der laut Google für seinen gottlosen Lebenswandel legendär war. Irgendwie passt das Heute und das Gestern zusammen, sinnierte Batista. Ein Kinderschänder im Zuhause seines historischen Bruders im Geiste.

Batista drückte das schmiedeeiserne Tor zum Vorgarten der Residenz auf. Eine Nonne tauchte auf und kam ihm entgegen.

»Gott zum Gruße. Was wünschen Sie?«

»Mein Name ist Hauptkommissar Batista. Ich komme aus Dortmund, um Seine Eminenz zu sprechen.«

»Sind Sie angemeldet?«

»Nein.«

»Der Herr Bischof ist zurzeit nicht anwesend.«

»Dann möchte ich Herrn Dr. Mayerling sprechen. Sagen Sie ihm, dass ich aus Dortmund komme.«

»Warten Sie einen Augenblick, ich frage nach.«

Sie entfernte sich einige Schritte und telefonierte.

Zurückgekommen, sagte sie: »Herr Dr. Mayerling ist zufällig im Haus, um einige Dinge abzuholen. Folgen Sie mir.«

Was Batista an alten Häusern hasste, waren die knarrenden Holztreppen, die Geräusche von sich gaben, als würden sie spontan zusammenbrechen, wenn man einen Fuß auf sie setzte. Auch die Holzbohlen in den Gängen knirschten. Interessant aber waren die zahlreichen Ölgemälde, die rechts und links an den Wänden hingen: alles ehemalige Besitzer wie Grafen, Barone und Geistliche, die hier mal das Sagen hatten.

Auf dem neuesten Bild war Holzbichler abgebildet. Batista kannte das Motiv. Es war die abgemalte Kopie eines Fotos des Bischofs: im Talar, die Augen fixierten die Kamera, die Hand lag entspannt auf der schwarzen Bibel.

Mayerlings Büro war zeitgemäß eingerichtet. Es war alles da, was in einem modernen Arbeitszimmer angesagt war: Computer, ergonomische Möbel, ein Konferenztisch, eine Cafébar und eine Sitzecke mit Laptops, ein schlichtes Kreuz über der Tür.

»Kaffee?«, fragte der Sekretär.

»Gerne. Cappuccino und zwei Stück Zucker.«

Batista nutzte die Zeit, um Mayerling zu betrachten. Er war das Kontrastprogramm zu seinem Chef: kaum einen Meter siebzig groß, der Bauch hing über dem Gürtel, der den Habit zusammenhielt.

»Ich denke, ich weiß, warum Sie hier sind«, sagte Mayerling. Er brachte die Kaffeetassen zum Tisch.

»Ich höre«, sagte Batista.

»Seine Eminenz ist in Dortmund, um seine uneheliche Tochter wiederzusehen. Er hat es mir zwar nicht erzählt, aber es war nicht schwer, es zu erraten. Die Mutter dieses Kindes ist Marie Bertoli, die vor fünfzehn Jahren auf grausame Weise verstorben ist.«

Batista nickte. »Gut recherchiert. Was haben Sie noch auf Lager?«

»Die Ermittlungen zu dem Todesfall wurden eingestellt«, antwortete Mayerling. »Ich habe damals als Zeuge bei der örtlichen Polizei ausgesagt und bestätigt, dass Bischof Holzbichler zum Zeitpunkt der Tat mit mir zusammen in Bayern war.«

»Und? War er hier?«

»Nein.«

»Eine Falschaussage also?«

Mayerling nickte.

»Warum?«

»Er hatte mich darum gebeten«, antwortete Mayerling.

»Hatten Sie keine Angst, dass Ihre Lüge aufgedeckt wird?«, wollte Batista wissen.

»Nein. Eine uneidliche Zeugenaussage bei der Polizei kann falsch sein und man kann nicht bestraft werden. Eine uneidliche Falschaussage vor Gericht ist dagegen strafbar, aber nach fünf Jahren verjährt. Meine Seele ist also rein – juristisch gesehen.« Der letzte Satz war pure Ironie.

»Bleibt die Frage, warum Holzbichler Sie zu einer Falschaussage gebracht hat.«

»Ich wollte ihm helfen und ihn aus den Schlagzeilen heraushalten.«

»War er zu der Zeit doch in Dortmund?«

Der Sekretär zuckte mit den Schultern. »Ich sagte ja schon, dass ich es nicht weiß. Warum spielt das jetzt plötzlich wieder eine Rolle?«

»Die Staatsanwaltschaft hat erfolgreich ein Wiederaufnahmeverfahren angestrengt. Sie ist davon überzeugt, dass der Bischof der Mörder ist.«

»Das dürfte möglich sein.«

»Man wird Sie erneut nach dem Alibi von Holzbichler fragen.«

»Das mag sein. Ich weiß nicht, wo er war. Ich wollte ihm nur einen Gefallen tun. Damals waren wir befreundet.«

»Und was hat Ihre Freundschaft zerstört?«

»Ich hatte mich auf eine neue Stelle beworben und war in der näheren Auswahl. Er hat das verhindert.«

Mayerling verschwieg, dass er seit Jahren von Holzbichler Geld für seine Aussage erhalten hatte. Jeden Monat fünfhundert Euro in einem Briefumschlag. Damit war jetzt Schluss, aber er hatte noch weitere Pfeile gegen den Bischof im Köcher, zum Beispiel den Verkauf des Klosters an die Sekte *Go&Change*, der ohne Holzbichlers »Bemühungen« nicht zustande gekommen wäre – natürlich gegen eine fette Belohnung für Holzbichler und an der Steuer vorbei.

Max Fahidi war enttäuscht. Olga hatte ihm nicht mitgeteilt, dass der Bischof in Dortmund eingetroffen war und sie sich schon mit ihm getroffen hatte.

Sie vertraute ihm noch nicht, was vielleicht an ihm lag, da er sich einige Tage nicht gemeldet hatte. Er rief sie mehrfach an, wurde aber von der Mailbox abgewiesen: »… ist zurzeit nicht erreichbar.« Die Möglichkeit, eine Nachricht zu hinterlassen, war nicht vorgesehen.

Apfelstrudel mit Sahne

Es war Wochenende. Am Phoenix-See fanden einige Veranstaltungen und Feste statt.

Olga lud den Bischof zu einem Apfelstrudel in Günnas Café ein.

Holzbichler trug ein rostrotes T-Shirt, eine weiße Jeans und Herren-Mokassins.

»Du siehst cool aus, Josef«, lobte sie ihn. »Wie ein normaler, gut situierter Mann mittleren Alters.«

»So kann man sich täuschen«, lachte Holzbichler.

Sie bestellten den Kuchen bei einer Kellnerin. Olga bemerkte, dass Günna sie seit ihrem Betreten des Cafés nicht aus den Augen ließ. Er kam zum Tisch, in jeder Hand einen Teller mit dem Apfelkuchen à la Phoenix mit ordentlich viel Sahne obendrauf.

»Hallo, Olga, guten Tag, der Herr.«

Holzbichler grüßte gönnerhaft zurück. Günna stellte die Teller vor seine Gäste und streifte dabei die Hand des Bischofs. Etwas Sahne blieb an dessen Arm hängen.

»Nun passen Sie doch auf«, herrschte der ihn an.

»Tut mir leid«, entschuldigte sich Günna.

»Bringen Sie mir ein Tuch oder wenigstens eine Serviette!«

Günna zog aus seiner Hosentasche einen zerknüllten blaugrauen Lappen, der den Eindruck vermitteln sollte, ein Taschentuch gewesen zu sein. Er wollte die Sahne abwischen, doch Holzbichler wehrte ihn mit dem Handrücken ab.

»Gehen Sie weg!«, schrie er. »Das ist ja ekelhaft!«

Günnas Blick wurde eng. »Dann leck die Sahne ab, du Tünnes.«

Er setzte sich an den Nebentisch, den Bischof im Blick behaltend.

Olga lächelte: »Lieber Josef, sei nicht so streng mit den Geschöpfen Gottes.«

»Wer weiß, was der Kerl damit noch alles abgewischt hat«, polterte Holzbichler.

»Das ist kein Kerl, sondern Günna Brummer. Er hat Mama und mir sehr geholfen.«

Günna saß noch immer am Nachbartisch und ließ den Bischof nicht aus den Augen. Der Typ war also ihr Vater, der Kinderschänder. Wie konnte Olga so freundlich zu ihm sein? Er war fassungslos.

Olga ging zum Tresen und bat um die Rechnung. Sie flüsterte ihm zu: »Ich erkläre dir alles später.«

»Geht aufs Haus«, raunte Günna. »Brauchst du Hilfe?«

»Nein.«

Sie drehte sich zu Holzbichler und rief ihm lächelnd zu: »Herr Brummer ist übrigens derjenige, der uns heute Nacht das Boot für den Ausflug zu den leuchtenden Fischen im See leiht. Ich freue mich schon sehr darauf.«

Bootsfahrt ins Ungewisse

Die Stimmung am Phoenix-See verwandelte sich mit dem Sonnenuntergang. Die Luft war frisch, ein leichter Wind bewegte das Grün und die Geräusche schwollen ab. Die meisten Vögel hatten sich zurückgezogen, zahlreiche kleine Fledermäuse kamen woher auch immer und flatterten über die Kronen der Bäume.

Olga und Günna saßen am Ufer des Sees und warteten auf Holzbichler. Das Holzboot lag am Ufer – bereit, in den See geschoben zu werden.

»Mein Mädchen«, sagte Günna. »Du musst aufpassen, dass dir nix passiert. Dem Typ ist nicht zu trauen. Nimm das Boot hier. Und ich bleibe am Ufer. Ein Schrei von dir und ich komm mit dem Phoenix-Mobil.«

Damit meinte er ein motorisiertes Rettungsgerät.

»Hier noch was.« Günna reichte ihr eine Flasche. »Süße Limonade mit Erdbeergeschmack. Gib ihm das zu trinken, wenn er frech wird.«

Olga betrachtete die Flasche. »Igitt, ich hasse Limo.«

»Ist ja auch für den Popen. Im Boot liegt noch ein Knüppel, falls er dir richtig dumm kommt.«

»Es wird schon alles gut gehen«, sagte Olga.

»Ich geh dann mal«, sagte Günna.

Doch er blieb.

»Ich denke oft über das Leben nach«, sagte er. »Es gibt so viel Schönheit in der Welt, die noch nicht entdeckt worden ist – und es gibt so viele Menschen in der Welt, die niemals erfahren, was da so zu finden wär. Und die, die wissen wollen, was es noch an Schönem gibt, müssen erst mal den Gedanken verdrängen, reich zu werden, gut zu essen oder jemanden zu küssen. Und wenn die Menschen tot sind, wird alles vergessen sein. Auch dass man ein Leben hatte.«

»Günna, du bist ja ein echter Philosoph!«

Günna schaute an ihr vorbei in den immer dunkler werdenden Himmel. »Weißt du, Mädchen, es gibt Zeiten im Leben, da siehst du den tiefen Grund in deinem Leben. Wie in dem See hier. Was ganz unten bleibt, war am längsten da. Und es ist nicht immer das, was man sich erhofft hat.«

Was war mit Brummer los? So kannte sie ihn nicht – nachdenklich und traurig.

»Günna, du brauchst ein Pils. Aber erst, wenn du mich vor Holzbichler gerettet hast.«

Holzbichler hörte die beiden lachen, verstand aber die Worte nicht. Er war erleichtert. Die Stimmung schien gut. Und wenn gleich noch die Fische leuchten würden, hätte sein Plan – zu Olga ein normales Verhältnis aufzubauen – Erfolg.

Er fragte sich, ob Gott der Herr seine praktische Intelligenz zu würdigen wusste.

Günna verschwand, als der Bischof näher kam.

»Was wollte der Typ denn hier?«, fragte Holzbichler.

»Er hat das Boot noch mal überprüft«, antwortete Olga. »Ob alles in Ordnung ist.«

»Ist es?«

»Aber sicher. Wir haben Schwimmwesten dabei, Lampen und ich habe mir einen Fotoapparat ausgeliehen. Morgen biete ich den Zeitungen die allerschönsten Bilder von den leuchtenden Fischen an. Das wird eine Gaudi! Und du gehst übers Wasser wie Jesus in der Bibel.«

Sie holte die Flasche und reichte sie an Josef weiter. »Nimm einen Schluck«, forderte sie ihn auf.

Er zögerte, trank dann aber doch und gab ihr die Flasche zurück.

»Ein interessanter Geschmack«, sagte er und lehnte sich lächelnd zurück.

Olga griff nach den Paddeln und begann zu rudern.

Nachts am See

Batista landete in Dortmund. Der Flug von München nach Dortmund hatte Verspätung. Ein Taxi fuhr ihn zu Sommerbergs Wohnung. Dort erfuhr er, dass Olga nicht da war.

»Wo ist sie?«

»Auf dem See.«

»Wie bitte? Es ist Nacht.«

»Sie sucht die leuchtenden Fische. Zusammen mit Holzbichler.«

Er sprang auf. »Verdammt! So was hab ich befürchtet.«

»Günna Brummer passt auf. Er beobachtet das Ruderboot vom Strand aus.«

»Warum hast du das zugelassen?«

Sommerberg versuchte, Batista zu beruhigen. »Sie ließ sich nicht davon abbringen. Sie will Frieden. Sie muss es versuchen, um ihrer selbst willen. Kannst du das nicht verstehen?«

»Nein! Das kann ich nicht«, rief er. »Wenn sie ihn ertränkt? Das wäre dann vorsätzlicher Mord! Na los!«

Unterwegs zum See informierte Batista vorsorglich die Kollegen.

Am Phoenix-Mobil waren sehr helle Lampen angebracht, die bei Bedarf die Umgebung beleuchteten.

Günna behielt das Boot im Auge, soweit es bei der Dämmerung möglich war. Holzbichler hatte Platz genommen, Olga sah aufs Wasser und ruderte. Sie steuerte die Mitte des Sees an. Hier war das Wasser knapp fünf Meter tief. Holzbichler betrachtete die Bewegungen im See. Da war nichts Leuchtendes, alles blieb dunkel. Es spiegelte sich lediglich das Licht der hohen Laternen am Ufer wider.

Das Boot war nur noch schemenhaft zu erkennen. Günna hob das Fernglas. Da waren zwei Schatten zu erkennen. Immerhin sitzen beide noch aufrecht, dachte Günna. Er öffnete die kleine Flasche Magenbitter und stürzte sie hinunter. Die Flüssigkeit rann durch seine Speiseröhre und erwärmte sie. Auch die Schmerzen, die ihn seit einiger Zeit peinigten, wurden schwächer.

»Wo sind denn nun deine leuchtenden Fische?«, fragte Holzbichler. »Da ist nichts und da wird nichts sein. Was also soll das? Was willst du von mir?«

Er saß breitbeinig auf dem Sitz, klammerte sich rechts und links an den Rand, als habe er Angst, ins Wasser zu kippen. Seine Frage hatte einen ärgerlichen Ton, der seine Unsicherheit überspielen sollte.

Olga spürte seine plötzliche Angst.

»Alles ist gut. Ich will Frieden mit dir. Nimm einen Schluck von Günnas Erdbeertrank«, riet sie ihm und leuchtete die Flasche an, die auf dem Boden lag.

»Willst du mich betrunken machen?«, fragte er.

»Mit Limo? Lieber Josef, ich will dir nur helfen, deine Angst zu überwinden«, zerstreute Olga seine Bedenken.

»Ich habe keine Angst«, log er. »Ich bin nur etwas müde und schlapp. Die Dortmunder Luft bekommt mir nicht.« Er griff nach der Flasche und trank.

»Was hast du gedacht, als du Mama zum ersten Mal gesehen hast?«

Er rieb sich die Augen, als wolle er sich das Bild von damals ins Gedächtnis zurückholen.

»Es war, als habe mir Gott Verheißung, Erfüllung und Liebe zugleich geschickt. Marie hat mich angeschaut mit ihren unfassbar unschuldigen Augen, sie hat ihre kleine, zarte Hand in meine gelegt, ihr Haar duftete wie das der Geliebten in Salomos Hohelied. Das ist tausend Jahre vor Christus geschrieben worden. Darin heißt es: *Alles an dir ist schön, meine Freundin, kein Makel haftet dir an. Dein Leib ist ein Weizenhügel, mit Lilien umstellt. Deine Brüste sind wie zwei Kitzlein, wie die Zwillinge einer Gazelle.*«

Olga hörte auf zu rudern und richtete die Taschenlampe auf Josefs Gesicht. »Schäm dich, dass du dieses zauberhafte Liebeslied für deine Sünden missbrauchst.«

Sie verließ ihren Sitz und ging auf ihn zu. Das Boot schwankte, Holzbichler erhob sich, verlor die Balance und kippte in den See.

»Hilf mir!«, keuchte er und hielt ihr die Arme entgegen.

Die Flasche, die Günna ihr gegeben und aus der Josef getrunken hatte, lag auf dem Boden des Bootes. Olga griff sie, öffnete den Verschluss, kippte den Inhalt ins Wasser und warf die Flasche hinterher. Sie tanzte noch eine Weile auf dem Wasser und ging dann unter.

Plötzlich Motorenlärm. Olga schreckte hoch. Sie richtete die Lampe in die Richtung, aus der die Geräusche kamen: Günna mit dem Phoenix-Mobil. Holzbichler war noch im Wasser, Günna hatte ihn am Kragen gepackt, sodass der Kopf nicht nach unten fallen konnte, und zog ihn hinter sich her. Aus der anderen Richtung brauste ein Polizeiboot heran – die starken Lampen hatten das Phoenix-Mobil im Visier.

Olga saß noch bewegungslos im Boot. Ich habe auf ganzer Linie versagt, dachte sie. Teilnahmslos beobachtete sie die Rettungsmaßnahmen für den Mörder ihrer Mutter. Sanitäter kümmerten sich um Holzbichler. Er war wach und bei Sinnen. Sommerberg, Batista und Günna nahmen Olga entgegen. Ein Polizist versuchte, von ihr zu erfahren, was passiert war. Sie war nicht ansprechbar, atmete unregelmäßig.

»Wahrscheinlich ein Schock«, diagnostizierte der Notfallarzt. »Wir bringen sie ins Klinikum.«

Sinnvolles Fachwissen

Noch in der Nacht erfuhr Oberstaatsanwalt Max Fahidi vom Polizeieinsatz am See. Der Einsatzleiter schilderte in knappen Worten die Lage. Nur mit den »leuchtenden Fischen« konnte der Polizist nichts anfangen.

Fahidi fuhr sofort in die Klinik. Verdammt, dachte er, warum hat Olga mich nicht informiert?

Sie saß aufrecht im Krankenbett und hörte mit geschlossenen Augen Musik über Kopfhörer. Sie hatte den Song so laut gestellt, dass die Bässe trotzdem leise zu hören waren.

Das Handy lag auf dem Nachttisch neben einer Notleuchte. Fahidi nahm es hoch und stoppte die Musik. Olga wachte auf. Sie brauchte eine Weile, um sich zu orientieren.

»Wie geht es dir nach der Bootsfahrt?«, fragte er.

»Geht so.«

»Warum hast du mich nicht informiert?«

»Ich musste das allein hinkriegen.«

»Was?«

»Frieden mit ihm schließen und mir einen Kindheitstraum erfüllen.«

Sie erzählte ihm von den leuchtenden Fischen.

Fahidi blieb skeptisch. »Belügst du mich? Wolltest du wirklich deinen Frieden mit ihm machen?«

Olga knuddelte das Kissen, sodass sie aufrechter sitzen konnte. »Nein, ich wollte ihn eigentlich ins Wasser schmeißen und zusehen, wie er ertrinkt.«

Fahidi wusste nicht, ob er lachen oder weinen sollte. Er entschied sich schließlich, die Sache nicht so ernst zu nehmen.

»Offensichtlich hast du keine Ahnung, wie man einen Mord begeht, ohne erwischt zu werden. Ich stelle dir mein Fachwissen gern zur Verfügung, wenn du in der Richtung weitermachen willst.«

»Geht klar!«

»Für den Fall, dass es dich interessiert – deinem Bischof geht es ganz gut. Ich habe in der Klinik angerufen. Er macht sich Sorgen und betet mehrmals am Tag für dich.«

»So ein Heuchler«, rief Olga. »Für mich? Der betet höchstens gegen mich. Der Teufel soll ihn holen!«

»Ich werde mehr auf dich aufpassen müssen, sonst kommst du dem Teufel doch noch zuvor.«

Er glaubt mir nicht, dass ich wirklich vorhatte, ihn ertrinken zu lassen, dachte Olga, er hält es für einen Joke.

»Ich freu mich, dass du auf mich aufpassen willst.« Ihr Lächeln war zauberhaft und ihre Augen blitzten.

Er nahm ihr Gesicht in seine Hände und küsste sie.

»Und jetzt schläfst du dich gesund.«

Am Morgen verfasste Fahidi eine neue Vorladung für die Eminenz Josef Holzbichler. Er wollte sichergehen, dass der Bischof auch erschien, denn die erste Aufforderung war nach Bayern geschickt worden, als er bereits in Dortmund war. Ein Bote des Amtsgerichts übergab Holzbichler das Schreiben des Gerichts in der Klinik und ließ es sich von ihm quittieren.

»Der Zeuge ist in einem stabilen Zustand«, berichtete der Justizmitarbeiter später. »Er kommandiert die Schwestern herum und belehrt die Ärzte. Ein sehr angenehmer Zeitgenosse.«

Zeugen sagen aus

Reporter und Kameraleute lauerten vor der Klinik, um Olga und ihren Vater mediengerecht zu empfangen.

Da nicht klar war, wann sie entlassen wurden, lösten sich die Reporter stundenweise ab. Batista kannte diesen Trick und da jedes gute Krankenhaus mehrere Ein- und Ausgänge hatte, gab es weder Fotos noch Interviews.

Ein Notarztwagen brachte den Bischof ins Hotel. Fahidi holte Olga ab. Er verabschiedete sich gleich wieder, weil er zu einer Pressekonferenz ins Polizeipräsidium eingeladen hatte. Die Reportertruppe musste ohne Bilderbeute abziehen.

»Beiden Beteiligten geht es inzwischen gut und sie sind aus der Klinik entlassen worden. Wir konnten die Betroffenen noch nicht vernehmen, aber das ist nur eine Frage der Zeit«, erklärte Fahidi auf der Pressekonferenz den anwesenden Journalisten.

»Warum musste der Bischof aus dem Wasser geholt werden? Hat ihn jemand ins Wasser gestürzt?«

»Das wird noch untersucht, aber Fremdverschulden scheint ausgeschlossen. Die Ärzte im Klinikum haben im Blut des Erzbischofs Diazepam entdeckt.«

»Ein Gift?«, fragte ein Reporter entsetzt.

»Nein«, stellte Fahidi klar. »Diazepam ist auch unter dem Namen Valium bekannt. Das ist ein Psychopharmakon, das von Ärzten gegen verschiedene psychische Erkrankungen verschrieben wird – von Angststörung über Schlaflosigkeit bis hin zu Muskelzuckungen. Aber es kommt natürlich auf die Dosierung an. Von Laien wird Diazepam auch als K.-o.-Tropfen bezeichnet ... und die sind ja hinlänglich bekannt in gewissen Kreisen.«

»Warum nimmt ein katholischer Bischof K.-o.-Tropfen?«, fragte ein Journalist. »Oder sind sie ihm verabreicht worden?«

»Genau diese Frage werde ich Bischof Holzbichler auch stellen, wenn er wieder ansprechbar ist«, antwortete der Oberstaatsanwalt. »Aber urteilen Sie nicht zu schnell – vielleicht hat ihm sein Arzt das Valium verschrieben und er hat die Dosis eigenmächtig erhöht.«

»Stimmt es, dass die Frau, die mit im Boot saß, seine leibliche Tochter ist?«

Ein Raunen ging durch die Journalistenschar.

»Ja«, nickte Fahidi. »Ihre Mutter ist vor ungefähr fünfzehn Jahren am Phoenix-See ums Leben gekommen.«

»War das der Flammentod der Tänzerin auf dem Campingplatz?«, fragte ein Zeitungsreporter.

»So ist es. Und jetzt entschuldigen Sie mich bitte. Ach ja, eins habe ich noch vergessen. Wir werden den Fall von damals aufgrund neuer Erkenntnisse wieder eröffnen. Mehr können wir Ihnen wegen der laufenden Untersuchungen derzeit nicht mitteilen. Wir stehen erneut am Anfang.«

In seiner Vernehmung gab Günna Brummer an, dass er Olga Bertoli das Ruderboot geliehen hatte, damit sie ihren Kindheitstraum, die leuchtenden Fische zu sehen, verwirklichen konnte.

»Leuchtende Fische?«, grinste der Beamte. »Da leuchtet nix. Auch die Piranhas haben nicht durchgehalten.«

»Kinder eben!«, lächelte Brummer.

»Sie waren dabei, als das Boot gestartet ist. Ist Ihnen etwas Besonderes aufgefallen?«

»Nix.«

»Lassen Sie sich nicht alles aus der Nase ziehen!«, nörgelte der Beamte. Nun reden Sie endlich! Gab es Streit? Wie haben sich die beiden begrüßt? Hat sich der Priester auf die Tour gefreut? Hatte er etwas dabei? Zum Beispiel Getränke?«

»Es war dunkel«, grummelte Günna und verließ den Verhörraum.

»Ich weiß nicht mehr genau, wie das passiert ist«, sagte Olga bei ihrer Vernehmung durch die Polizei im Krankenhaus.

»Ich hab mich ganz normal mit meinem Vater unterhalten. Wir haben beide noch darüber gelacht, dass die Sage von den leuchtenden Fischen nur eine mysteriöse Geschichte ist, die mich als Kind fasziniert hat.«

»Sie wissen, dass der Bischof vor fünfzehn Jahren fälschlicherweise angegeben hat, nicht in Dortmund gewesen zu sein?«

»Ja, aber ich glaube meinem Vater. Sein Sekretär hat ihm ein falsches Alibi gegeben, damit er nicht in den Fall verwickelt wurde. Aber genau weiß ich das nicht – ich war damals zehn Jahre alt.«

»Wir prüfen das gerade«, erklärte der Ermittler. »Er hat zugegeben, dass Ihr Vater ihn darum gebeten hat, ihm das Alibi zu geben. Den Grund kennen wir noch nicht. Wie und warum ist Herr Holzbichler dann plötzlich ins Wasser gestürzt? Haben Sie sich gestritten?«

Olga richtete sich in ihrem Krankenbett auf. Jede Bewegung tat ihr weh. Die Ruderbewegungen hatten ihr einen fetten Muskelkater beschert.

»Ich habe ihn gefragt, ob er meine Mutter ermordet hat«, antwortete sie. »Eigentlich wollten wir ja Frieden schließen, aber es überkam mich. Als Mama bei lebendigem Leib verbrannte, hat sie seinen Namen geschrien. Aber er hat alles abgestritten. Damals hat ihn das falsche Alibi gerettet.«

»Und dann?«

»Meine Frage regte ihn auf, und er kam auf mich zu. Dabei hat er die Balance verloren und ist in den See gestürzt.«

»Haben Sie ihn ins Wasser gestoßen?«

Olga schüttelte den Kopf. »Aber nein! Er ist immerhin mein Vater. Und ich wollte, dass dieser Albtraum endlich vorbei ist.«

»Haben Sie versucht, ihn zu retten?«

»Wie denn? Er war nicht mehr zu sehen, und ich stand unter Schock. An mehr kann ich mich nicht erinnern«, seufzte Olga. »Und dann kam Herr Brummer angebraust und das Polizeiboot steuerte uns auch an.«

Der Ermittler stand auf. »Herr Holzbichler wird uns sicherlich berichten, inwieweit Sie an seinem Sturz ins Wasser beteiligt waren. Ich wünsche Ihnen gute Genesung.«

Keine Erinnerungen

In den nächsten Tagen explodierten die Medien. Sie hielten den Bootsunfall für *Späte Rache für den Feuermord am Phoenix-See?* und fragten: *Wurde Bischof Josef Holzbichler ins Wasser gestoßen?*
Auch in Bayern wurde die Story ein Knaller:

War Bischof Holzbichler vor 15 Jahren in Dortmund in einen Mord verwickelt? Damals wurde die 25-jährige Marie B., die als Tänzerin in einer Bar arbeitete, von einer unbekannten Person ermordet. Der Täter schloss sie in einem Campingwagen ein, goss Benzin auf den Wagen und legte Feuer. Marie B. verbrannte bei lebendigem Leib. Zeugen wollten damals gehört haben, wie Marie B. den Namen des Bischofs rief. Flehte sie um Hilfe oder wollte sie den Bischof beschuldigen? Die Ermittler gingen dem Verdacht nach, verfolgten die Spur aber nicht weiter, denn Holzbichler hatte ein Alibi: Sein Sekretär sagte aus, mit dem Bischof in dessen Residenz gearbeitet zu haben. Die Staatsanwaltschaft stellte die Ermittlungen ein. Die Aussage wurde vor Kurzem – nach Eintritt der Verjährung – von dem Zeugen zurückgezogen. Wo sich der Bischof damals aufhielt, ist nicht bekannt.
Die Frage, warum ein hoher Geistlicher aus Bayern eine Bootstour auf einem See in Dortmund-Hörde macht, wollte die Staatsanwaltschaft nicht beantworten. Der Bischof soll der Vater der jungen Frau sein, die das Boot ruderte. Wir berichten weiter.

Die Polizei untersuchte Holzbichlers Hotelzimmer während dessen Abwesenheit. Sie fand eine fast leere Flasche Whiskey, ein ungespültes Wasserglas, Schmerztabletten, eine Bibel und verschiedene

Kleidungsstücke inklusive des Habits. In einem Umschlag lagen ein paar Hundert-Euro-Scheine und im Koffer Kleidung und ein Mobiltelefon. Es wurde von der Polizei vorläufig beschlagnahmt und später der Kriminaltechnik übergeben. Max Fahidi informierte Holzbichler über die Polizeiaktion.

»Haben Sie etwas Bestimmtes gesucht?«, fragte der Bischof.

»Nur Routine«, behauptete Fahidi. »Aber in einer Sache könnten Sie mir behilflich sein: Wo waren Sie, als Marie Bertoli starb?«

»Ich habe mir den Kopf darüber zerbrochen«, jammerte Holzbichler. »Leider ohne Ergebnis. Das alles ist fünfzehn Jahre her! Da ist nichts mehr in meiner Erinnerung. Und ich glaube nicht, dass ein Gericht diese Vergesslichkeit als Straftat werten wird.«

Böser Fisch

Der Fisch näherte sich langsam. Seine Augen fixierten Josef, der unter seinem Blick immer kleiner wurde. Das Wasser gluckerte, der Fisch schloss den Mund und öffnete ihn wieder. Josef wollte fliehen, doch es war ihm unmöglich, sich zu bewegen. Der Kopf des Tieres kam auf ihn zu und stoppte. Kalte grüne Augen mit rot leuchtenden Pupillen. Seine Schuppen waren groß und farbig. Wenn er sich bewegte, schimmerten die Flossen in allen Farben. Das Maul des Fisches war aufgerissen, die Lippen waren fleischig, als seien sie aufgespritzt, die Zähne spitz und von fauliger Farbe.

Nun kam die Angst. Josef sah sich im Bett liegen, hörte sich keuchen, konnte sich nicht abwenden, geschweige denn flüchten. War das einer von den leuchtenden Fischen? Er hatte immer geglaubt, dass sie eine Erfindung oder harmlos waren, wie in Südseeaquarien.

Dieser hier war böse und ähnelte den Seeungeheuern, die die Mönche im Mittelalter in ihre Bibeln malten, um die Gläubigen zu verängstigen und so näher an Gott zu binden.

Kein Poesiealbum

Die Staatsanwaltschaft beantragte bei Gericht die vorläufige Verlegung des Beschuldigten Josef Holzbichler ins Untersuchungsgefängnis. Da der Bischof über viele Kontakte im Ausland verfügte, bestand Fluchtgefahr. Das Gericht gab dem Antrag der Staatsanwaltschaft statt. Die Ermittlungen waren jetzt in vollem Gange. Im Mediendschungel rauschte es. Als Holzbichler vom Klinikum in einem Notarztwagen zur Justizvollzugsanstalt gebracht wurde, warteten dort zahlreiche Fotografen und Fernsehreporter.

In der Kriminaltechnik überprüften Fachleute das Mobiltelefon des Bischofs. Sein Diensthandy war es nicht, denn die Nachrichten, die darauf gesammelt waren, hatten nichts mit Gott zu tun und die Fotos schon gar nicht. Die Beamten hatten die Bilder ausgedruckt und legten sie Fahidi vor. Er bat Batista, bei der Prüfung dabei zu sein.

Der Bischof hatte auf seinem Handy mehrere Alben angelegt, die Frauenvornamen trugen. Darin waren Fotos gespeichert. Manche Bilder waren harmlos und zeigten Mädchen im geschätzten Alter von zwölf bis fünfzehn Jahren, die in die Kamera lachten, Grimassen schnitten, die Zunge rausstreckten oder an einem Eis lutschten. Auf den schlimmeren Fotos lagen sie mit geschlossenen Augen auf einem breiten Bett mit blumigem Bettzeug, sie waren nackt, die Körper zusammengerollt, die Köpfe verdreht und die Beine geöffnet.

Batista war erschüttert. Bei einem Album, das Holzbichler sehr oft angeschaut hatte, erkannte Batista Marie Bertoli, Olgas Mutter.

Fahidi betrachtete das Foto. Die Frau war eher ein Kind auf dem Weg, eine Frau zu werden. Diese natürliche Entwicklung hatte der Bischof durch seinen Missbrauch abrupt zunichtegemacht.

»Sie ist sehr hübsch«, murmelte Fahidi. »Dieser verdammte Pope soll in der Hölle schmoren. Und wenn ich ihm den Mord nachweisen kann und er verurteilt wird, sorge ich dafür, dass er in einen Knast kommt, in dem Kinderschänder bei Mitgefangenen nicht besonders beliebt sind.«

»Auf diesem Bild ist sie älter«, sagte Batista und reichte ein Foto weiter. »Da ist der Beschuldigte auch zu sehen. Er ist nackt. Holzbichlers Selfieversuche mit seinem Opfer.«

Maries Kopf lag in seinem rechten Arm. Er presste sie an sich, streckte den linken Arm mit dem Handy von sich, damit beide im Bild waren. Sein Lächeln war lüstern-stolz. Maries Augen starrten direkt in die Kamera. Leblos.

Fahidi war erschüttert. Es zu sehen war schlimmer, als nur davon zu hören.

Rache und Verwesung

Am See gab es ein Stück Gelände, das in keinem Plan des Phoenix-See-Projekts verzeichnet war. Vom Weg aus sah man nur undurchdringliches Gestrüpp. Dahinter lag eine kleine Hütte, die aus mit Graffiti verzierten Brettern zusammengefügt worden war. Sie befand sich in der Nähe des früheren Campingplatzes und hatte damals der Unterbringung von Geräten gedient, mit denen die Büsche gebändigt und die Wege gesäubert wurden.

Das Gelände gehörte Günna. Er saß mit geschlossenen Augen im Schatten des Schuppens und döste vor sich hin. Er hatte die Dosis seiner Medikamente erhöht, um die Schmerzen ertragen zu können. Vor die Tür hatte jemand ein Brett genagelt. Er rappelte sich auf, nahm Anlauf und trat zu. Holz splitterte. Er schob die Trümmer beiseite: innen zerbrochene Bierflaschen, leere Fast-Food-Packungen, verwitterte Kondome, zusammengeknüllte Decken, rostige Kanister und zahlreiche verblasste Zeitungen. Die Gartengeräte waren geklaut worden, das Holzdach hatte tiefe Risse, die Überbleibsel eines toten Fuchses lagen über den Boden verteilt. Es stank nach Verwesung.

Günna Brummer schlug die Hände vor die Augen. Jetzt ist die Zeit da, dachte er, ich muss weg und vorher alles regeln, was noch offen ist. Ich will einfach nur weg – in die ewige Dunkelheit. Aber er würde den Popen mitnehmen!

Er musste das tun, wozu Olga zu schwach gewesen war: Rache für die Vergewaltigung von Marie. Holzbichler hatte ihr Leben zerstört, weil er sie missbraucht hatte.

Günna holte eine Valiumtablette aus der Hosentasche. Er griff daneben, und die Pille landete im Kadaver des Fuchses. Wütend trat er gegen das stinkende Etwas. Eine Armee von Kellerasseln floh über den Boden.

Günna schaute auf die Uhr. Er stöhnte. Die Schmerzen waren heute besonders schlimm.

Ich will nicht in diesem verdammten Drecksloch krepieren, dachte er und taumelte Richtung Tür. Ich muss die Sache mit Anstand hinter mich bringen und dann tschüssikowski.

Luxus in südlicher Sonne

Einen Tag später teilte die Pressestelle des Kardinals in Passau mit, dass Josef Holzbichler von seinen kirchlichen Ämtern entbunden worden war, solange er als Beschuldigter in einem Mordfall galt. Zeitgleich wurde der Vatikan in Rom informiert, der jedoch das tat, was er immer tat: Die verjährten Sexualverbrechen an Marie und anderen Kindern wurden von der Kirche nicht kommentiert.

Dafür erledigten das die Medien gründlich. Sie schnappten wie Krokodile nach neuen Infos. Kaum ein Tag verging ohne weitere Enthüllungen und neue Recherchen. Die Boulevardpresse hatte sich Fotos von Mädchen besorgt, die in dem Kinderheim gelebt hatten. Ob sie die betroffenen Kinder wirklich zeigten, blieb unklar, sie beflügelten aber die dunkelsten Fantasien der Leser.

Holzbichler verfolgte die Berichterstattung über seinen Fall im Untersuchungsgefängnis. Wenn alles vorbei war, würde er sich zunächst in ein Schweigekloster zurückziehen – als einfacher Mönch ohne besondere Rechte und Pflichten. Wenn Gras über die Sache gewachsen wäre, könnte er den Rest seines Lebens in einem seiner Häuser in südlicher Sonne im Luxus verbringen.

Dass man ihn wegen Mordes schuldig sprechen würde, zog Holzbichler nicht in Betracht. Er vertraute – mehr als je zuvor – auf Gott den Herrn und auf seine Kirche. Immerhin hatte er in der Beichte seine Sünden mehrfach gestanden und immer wieder Absolution erhalten.

Aber vorher muss ich noch mit Olga reden, dachte er. Er stellte bei Gericht einen Antrag, Besuch empfangen zu dürfen. Es wurde ihm genehmigt, allerdings unter Beobachtung. Olga jedoch verweigerte sich.

Olga fühlte sich bei Fahidi gut aufgehoben. War sie verliebt, oder war er für sie nur die Verheißung eines normalen, ruhigen Lebens? Sie wusste es nicht. Zuerst war ihr angenehm aufgefallen, dass er nicht diesen schnarrenden Verhörton von Polizisten und auch nicht den manipulativen Sound von Journalisten hatte, die ihren Gesprächspartnern die Worte im Mund umdrehten. Außerdem sah er gut aus. Sie schätzte ihn auf Mitte dreißig.

Der dunkle Dreitagebart gab ihm etwas Verruchtes, das ungebügelte Hemd sollte bei etwaigen Delinquenten vielleicht Vertrauen aufbauen oder auch abbauen. Am besten gefielen Olga jedoch seine Augen – glänzend und dunkel. Wenn er sie anlächelte, bekam sie weiche Knie, was sonst nur Frauen in Kitschromanen vorbehalten war.

Prioritäten setzen

Es wurde kälter am und im See. Nachts sanken die Temperaturen auf zwölf Grad, tagsüber erholten sie sich auf fünfundzwanzig Grad und sorgten für wunderschöne Bilder: braunes Schilf am Wasser, violette Herbstastern in den kleinen Vorgärten, orangefarbenes Laub, ein Himmel voll verrückter Wolkengebilde und am Abend kurze und blutrote Sonnenuntergänge.

»Ich liebe den Spätsommer«, schwärmte Sommerberg. Sie und Batista waren sich in den letzten Wochen nähergekommen.

»Für mich ist das eher ein Frühherbst«, widersprach Batista.

»Soll ich dir eine Decke holen?«

»Lass mal«, winkte er lachend ab. »Ich leg mich ins Bett und lese. Irgendwann kommst du zu mir und wärmst mich. Wir haben schließlich sturmfreie Bude. Olga ist bei Max.«

Fahidi geleitete Olga zu einer Wohnlandschaft, auf der man sitzen, aber auch schlafen konnte. Von hier aus sah man die Küche, die ziemlich aufgeräumt oder auch wenig gebraucht schien.

»Möchtest du etwas trinken?«, fragte er.

»Ja, aber keinen Alkohol«, antwortete sie.

Sie bekam ein Glas Orangensaft, er schenkte sich ein Glas Rotwein ein.

»Wenn du reden willst, dann rede. Wenn du schweigen willst, dann schweige. Wenn du schlafen willst, dann schlaf, wenn du geliebt werden willst, dann lass dich lieben. Was also willst du?«

»Ich weiß es nicht.«

»Gib mir eine halbe Stunde«, bat Max.

Olga saß auf dem breiten Bett, er saß auf dem Bettrand und war nackt.

»Wozu?«, fragte sie.

»Ich will dir etwas beweisen.«

»Was?«

»Wie verrückt ich nach dir bin.«

»Und wenn ich abhaue?«

»Dann wirst du zur Fahndung ausgeschrieben!«

Sie hob die Bettdecke. Er kam dazu. Im Dunkel schmiegte Olga sich an Max' warmen, nackten Körper. Sie hörte den Rhythmus seines Herzens. Er schlang die Arme um Olga und streichelte sie. Sie roch nach Zimt.

»Ich muss dir etwas sagen«, flüsterte sie. »Und ich weiß nicht, wie.«

»Ich weiß es doch, Liebste«, flüsterte er. »Noch kein Mann war dir so nah wie ich.«

»Stimmt. Ich setze eben Prioritäten.«

Sie kam näher, packte seinen Kopf und küsste ihn. Danach war alles ganz einfach.

Noch ein halbes Jahr

Günna wurde im Krankenhaus gründlich untersucht. Die Ärzte stellten Bauchspeicheldrüsenkrebs im Endstadium fest. Er hatte höchstens noch ein halbes Jahr zu leben. Die Ärzte verschrieben ihm starke schmerzstillende Mittel und empfahlen ihm, die Zeit, die ihm noch blieb, in einem Hospiz zu verbringen.

Günna war erleichtert. Diese Diagnose vereinfachte seinen Plan. Den Plan, endlich für Gerechtigkeit zu sorgen. Holzbichler musste verschwinden. Nach einigen Tagen war sein Plan fertig. Brummer hatte in dieser Zeit keinen Alkohol getrunken, aber brav seine Tabletten geschluckt. Er fühlte sich benebelt, war aber schmerzfrei. Diese Empfindung war typisch für Krebskranke kurz vor dem Tod. Sein Arzt erklärte es ihm so: Sein Körper wehrte sich ein letztes Mal, um sich danach für immer zu verabschieden.

Holzbichlers Anwalt riet dem Bischof, sich von anderen Beteiligten in der Sache fernzuhalten. Auch gegenüber Journalisten solle er sich in Schweigen hüllen. Er hielt sich daran und verbrachte die meiste Zeit im Hotel.

Es gab eine Ausnahme: Wenn es morgens hell wurde, machte er sich auf zu Maries Stein. So früh begegnete ihm kein Reporter. Holzbichler schwelgte in Erinnerungen, führte Gespräche mit Marie, in denen er seine Verfehlungen beschönigte und sie seiner Liebe versicherte. Er ahnte, dass er Gott zu lange und zu oft beleidigt hatte.

Zuerst achtete er darauf, keine Spuren zu hinterlassen – keine Blumen oder Dinge, die ihn verdächtig machen konnten. Doch dann brachte er kleine Geschenke mit: Blumenkränze, die er selbst geflochten hatte, Vogelfedern, die im Garten des Hotels gelandet waren, orangerote Sanddornbeeren, die längs des Weges zum See wuchsen, oder einen reifen Apfel. Oft rezitierte er Bibelsprüche, interpretierte und erklärte sie Marie – so als sei sie noch am Leben.

Manchmal weinte er, warf sich auf den Boden und trommelte mit den Fäusten auf den Rasen.

Wenn Brummer seine Schmerzen mit Medikamenten betäubt hatte, beobachtete er den Bischof. Er suchte sich einen Platz zwischen den Sträuchern, baute sich eine Art Nest aus Blättern und Laub, in dem er weich liegen oder sitzen konnte.

Der Chef von Hörde

Günna verschwieg den Freunden seine Krankheit. Doch die merkten, dass es ihm nicht gut ging. Er wollte weder bemitleidet noch wie ein rohes Ei behandelt werden. In stillen Stunden ließ er sein Leben Revue passieren. Seine Mutter war ein Hörder Urgestein gewesen, deren Familie seit Generationen hier gelebt und gearbeitet hatte. Damals war die Luft durch das Stahlwerk schwer belastet. Hinzu kamen die Emissionen aus den Schornsteinen, die mit Kohlebriketts betrieben wurden. Wenn es windstill war, wurde es nicht hell in Hörde, und morgens musste man alles abstauben, was draußen übernachtet hatte: Fensterscheiben, Gartenmöbel, Autos. Das war die schlechte alte Zeit gewesen.

Sein Vater arbeitete hart, Günna bekam ihn kaum zu sehen. Außerdem neigte er zu Jähzorn, wenn er müde war oder ihm etwas wehtat. Die Aggressionen trafen Günna und seine Mutter. Der Vater starb früh, seine Lunge war unheilbar geschädigt.

Auch andere befassten sich mit Günna. Batista war inzwischen dreiundsechzig Jahre und stand kurz vor seiner Pensionierung. Er hatte noch immer freundschaftlichen Kontakt zu seinen ehemaligen Kollegen aus dem Polizeipräsidium. Einmal im Monat fand ein Treffen statt. Bei einem Abendessen und reichlich Bier schwelgten die Polizisten in alten Erinnerungen. Die Toten vom Phoenix-See waren Dauerthema. Oberstaatsanwalt Fahidi hatte gebeten, dabei sein zu dürfen, um Infos über die damaligen Ermittlungen zu bekommen. Als der Name Günna Brummer fiel, horchte ein bereits pensionierter Polizist auf und erzählte, dass er damals Gast in der *Grotte* gewesen war. Er war vor fünfzehn Jahren an der Festnahme des Täters beteiligt gewesen, der die beiden Tänzerinnen Sabrina und Tanja getötet hatte.

»Günna war so was wie der Chef von Hörde. Er hatte es faustdick hinter den Ohren«, sagte der Kollege fast mit Bewunderung. »Die Gauner in Hörde hatten einen Riesenrespekt vor ihm. Wer nicht spurte, bekam was auf die Fresse.«

»Dem Kind des Opfers hat er später sehr geholfen«, wandte Batista ein. »Offenbar hat Brummer auch eine weiche Seite. Allerdings habe ich das Gefühl, dass mit ihm was nicht stimmt. Er hat sich verändert, zieht sich zurück.«

»Vielleicht ist er krank oder einfach nur alt«, mutmaßte Fahidi.

»Marie Bertolis Tod war für ihn ein Schock«, erklärte Batista. »Er hat sie angehimmelt. Wenn sie da war, mutierte der grobe Klotz zu einem schmusigen Teddybär.«

Fahidi kratzte sich am Kopf. »Hatten die beiden was miteinander?«

»Nein!«, rief Batista. »Marie hatte die Nase voll von Männern. Die Beziehung zu dem Bischof war für sie traumatisch genug. Wir sollten trotzdem mit Brummer reden. Ich werde mal seine Vita überprüfen. Vielleicht finden wir irgendwas.«

Schon nach den ersten Recherchen wusste Batista, dass er auf einer interessanten Spur war – auch wenn sie vielleicht nicht zur Klärung des Mordes an Marie Bertoli führte.

Günna Brummer war schon in seiner Jugend straffällig geworden. Er hatte den Weg eines jungen Menschen eingeschlagen, der Gesetze, Verbote und Anweisungen für lächerlich und überflüssig hielt und mehr auf das Recht des körperlich Stärkeren setzte und dabei keine Gefangenen machte.

Körperverletzungen, kleinere Diebstähle und Betrügereien. Eine Jugendstrafe folgte der nächsten, Therapien in verschiedenen Knästen. Die Psychologen attestierten ihm ein erhebliches Aggressionsproblem, das sich in schlimmen Wutausbrüchen und körperlichen Attacken gegen seine Kontrahenten entlud.

Das Antiaggressionstraining schlug offensichtlich an, denn in den Jahren danach schien sich Brummer geändert zu haben – es gab keine Straftaten mehr.

Keine Beweise – Luzifer kotzt

Holzbichler fühlte sich gut. Das frühe Aufstehen und die tägliche Kraxelei zu Maries Stein hatten seinen Körper gestrafft. Er betrachtete sich im Spiegel. Er war noch immer ein schöner Mann mit einem Lächeln, das verzaubern konnte. Seine ehemals dunklen Haare waren inzwischen leicht grau gestreift, aber noch immer voll und glänzend.

Aber vielleicht lag das erlösende Gefühl auch daran, dass die Staatsanwaltschaft die Mordanklage gegen ihn aufgrund fehlender Beweise endgültig fallen lassen musste.

Sein Anwalt hatte es ihm mitgeteilt, bevor die Öffentlichkeit davon erfuhr. Eine abschließende Pressekonferenz war geplant. Holzbichler wollte ein neues Leben als einfacher Diener Gottes in einem Kloster führen, bis Gras über die Sache gewachsen war.

Über dem See schwebte ein leichter Nebel. Der Herbst war da. Tagsüber Sommer, nach Sonnenuntergang die Kälte. Holzbichler verharrte auf dem Pfad zu Maries Gedenkstein. Er setzte sich auf eine Bank und genoss die Helligkeit. Jetzt war die Welt noch frisch, fast unbefleckt und leise. Sie wartete auf die Sünden, die ihr die Menschen in den nächsten Stunden präsentieren würden.

Er ließ sich Zeit, denn es war das letzte Mal, dass er diesen Weg nahm. Eine Katze kreuzte seinen Weg. Sie war pechschwarz.

»Luzifer?«, fragte er.

Die Katze drehte sich um, setzte sich und blickte ihn an. Er versuchte, sie mit Gesten zu verscheuchen. Sie reagierte nicht und blickte ihn weiterhin an. Dann begann sie, sich zu putzen. Mit den Pfoten wischte sie ihre Augen, gähnte, kratzte sich, ohne ihren Blick von ihm abzuwenden. Plötzlich krampfte ihr Körper, sie erbrach sich, warf ihm noch einen Blick zu und machte sich mit großen Sätzen davon.

Holzbichler sprang von der Bank und wollte hinterher. Doch er schaffte es nicht. Seine Knie waren weich und seine Hände zitterten. Sogar Luzifer kotzt, wenn er mich sieht, dachte er. Oh, Gott, warum hast du mich verlassen? Er schaffte es gerade noch zu Maries Gedenkstätte und ließ sich auf die Bank fallen.

Er legte seine Hand um Maries Stein und erstarrte. Jemand hatte die Bronzebuchstaben mit Namen, Geburts- und Sterbedatum entfernt. Er bekam Panik, erinnerte sich aber dann an eine Polizeimeldung in der Zeitung. Metalldiebe waren auf Friedhöfen unterwegs, um das Metall in Geld zu verwandeln.

Liebe ist wie eine gewaltige Flamme

»Guten Morgen.«

Holzbichler erschrak. Vor ihm stand dieser ungepflegte, fette Kerl aus dem Café *Grotte*. »Was machen Sie denn hier?«

Günna Brummer setzte sich auf die Bank. Er stand unter Stress. Heute oder nie, dachte er. »Ich bin wegen Marie hier«, antwortete er.

»Ich auch«, entgegnete Holzbichler. »Ich verlasse Dortmund und komme nie wieder.«

»Du solltest dir einen Strick nehmen und deinem verdammten Leben ein Ende bereiten«, sagte Brummer. Seine Stimme hatte einen gefährlichen Ton.

»Darüber entscheidest du Penner nicht«, sagte Holzbichler.

»Du hast Maries Leben kaputt gemacht«, sagte Brummer.

»Nein«, sagte Josef mit aggressivem Unterton. »Ich habe sie geliebt. Aber davon verstehst du Kretin nichts. Soll ich es dir mal erklären?«

»Nur zu.« Günna schaute sich um. Es war immer noch früh und niemand war unterwegs. Und wennschon. Es spielte keine Rolle mehr. Der Zeitpunkt war ideal.

»Ich leide sehr unter ihrem Tod. Mehr, als du dir vorstellen kannst«, sagte Holzbichler. »Ich antworte mal mit einem Vers aus dem Hohelied von Salomo. Der Text ist mehrere tausend Jahre alt. Er geht so: *Lege mich wie ein Siegel auf dein Herz, wie ein Siegel auf deinen Arm. Denn Liebe ist stark wie der Tod und Leidenschaft unwiderstehlich wie das Totenreich. Ihre Glut ist feurig und eine gewaltige Flamme.* Das waren Marie und ich. Ich liebte sie von ganzem Herzen und habe mit ihrem Tod nichts zu tun!«

Günna Brummer starrte ihn an. Der Morgen war jetzt da, mit

seinen Geräuschen, dem Hupen der Autos und dem Kreischen der Elstern. Es kam Leben an den See.

»Ich werde deinem Leiden ein Ende bereiten«, lächelte Brummer. »Dann bist du früher bei deinem Scheißgott.«

Holzbichler grinste. »Du altes, versoffenes Subjekt, du kommst so gemütlich daher und denkst, dass du es mit mir aufnehmen kannst, du Kretin!«

Brummer spürte, wie die Wut in ihm aufstieg. Er holte ein Messer aus der Tasche, griff Josefs Kopf, zwang ihn nach hinten und schnitt ihm die Kehle durch.

Blut und noch mehr Blut

»Was für eine Sauerei«, stöhnte ein Mitarbeiter der Kriminaltechnik. Sie hatten den Toten auf eine Bahre gehoben, zugedeckt und wegtransportieren lassen.

Fahidi, Sanitäter, Polizisten und Batista beobachteten die Aktion. Die Kriminaltechniker suchten das Gelände nach Spuren ab. Man hatte Günna Brummer in den Polizeiwagen gebracht und ihn dort fixiert. Durchs Fenster konnte man ihn sehen. Sein Hemd war blutgetränkt. Er lächelte, als er Sommerberg und Batista sah. Olga tauchte auf. Sie schrie, als sie Brummer sah, lief auf ihn zu und wollte zu ihm. Doch sie kam nicht an ihn heran, weil ein Polizist sie zurückdrängte.

»Was ist mit Günna? Woher kommt das viele Blut?«, rief sie aus. Sommerberg zog Olga beiseite. »Es ist Josefs Blut. Günna hat ihn getötet. Seine Leiche ist bereits weggebracht worden.«

Olga brach zusammen. Fahidi brachte sie in sein Auto, legte sie auf die Rückbank und deckte sie zu. Immer mehr Neugierige strömten zum Tatort. Es hatte sich herumgesprochen, dass ein Mord geschehen war. Die Medienvertreter versuchten, Fotos vom Täter zu machen, doch die Beamten hatten die Fenster des Polizeitransporters inzwischen mit Sichtblenden versehen.

Der Oberstaatsanwalt informierte die Medien kurz und knapp und bat, keine weiteren Fragen zu stellen. Schließlich griff die Polizei ein, sperrte den Tatort ab und verscheuchte die medialen Bluthunde.

Blutbad am Phoenix-See – so titelten die Zeitungen am Mittag auf ihren Internetportalen. Und: *Hörder Gastwirt tötet Ex-Bischof – Motiv noch unklar.*

Olga Bertoli saß in Fahidis Büro und wartete auf ihre Vernehmung. Er hatte sie vor den Reportern in Sicherheit gebracht und Fotos verhindert.

»Kannst du dir vorstellen, warum Brummer das getan hat?«

»Er hat es für mich getan«, sagte Olga. »Weil ich zu feige war, Josef zu bestrafen, weil er Mama grausam getötet hat. Er dachte wohl, dass sein Tod mir dabei hilft, meinen Frieden zu finden. Weißt du, wie es Günna geht?«

»Er ist in einer Spezialklinik«, antwortete Fahidi.

»Hat er sich verletzt bei dem Messerangriff?«

Fahidi verneinte. »Er ist schwer krank. Krebs im Endstadium. Kennst du ihn gut?«

»Ja, ohne ihn und Sommerberg wäre ich in einem Kinderheim gelandet. Er mochte Mama sehr. Er war immer ein Freund, auf den man sich verlassen kann. Er hat meiner Mama und mir sehr geholfen, als wir auf der Flucht waren, und die Jahre danach auch. Er ist ein guter Mensch. Was geschieht jetzt mit Günna?«, fragte Olga.

»Er wird nicht bestraft werden«, antwortete Fahidi. »Man wird ihn in ein Sterbehospiz verlegen und ... so grob das klingen mag ... auf seinen Tod warten. Dann kann der Fall zu den Akten gelegt werden. Er hat durch seinen Anwalt übrigens eine Patientenverfügung anfertigen lassen, in der er lebensverlängernde Maßnahmen durch Maschinen ablehnt.«

Letzte Minuten

Günna Brummer döste vor sich hin. Die Ärzte hatten dafür gesorgt, dass er keine Schmerzen hatte. Sein Gesicht war weiß, die Wangen eingefallen, die Augenlider geschwollen. Das Kissen unter seinem Kopf stützte den Hals. Schläuche steckten in den Armen.

Auch wenn man es ihm nicht anmerkte, sein Gehirn arbeitete. Er klingelte nach einer Krankenschwester und verlangte Papier und einen Stift. Sie gehorchte. In ungelenken Buchstaben schrieb er *Sommerberg soll kommen!* aufs Papier.

»Ihre Bekannte wird gleich da sein, ich kümmere mich.«

Die Schwester legte Brummer ein feuchtes, kaltes Tuch auf die Stirn. Die Kühlung brachte kurze Erleichterung. Eine halbe Stunde später war Sommerberg im Krankenzimmer und hielt Brummers Hand.

»Ach Günna, was hast du getan?«, flüsterte sie.

»Der Schisser musste wech«, krächzte Günna. »Und jetzt sperr die Ohren auf, Sommerberg.«

Das tat sie. Eine Stunde lang hörte sie ihm zu – immer wieder unterbrochen von Brummers Stöhnen und schwerem Atmen, Zuckungen und unkoordinierten Bewegungen. Was er zu erzählen hatte, brachte Sommerberg an den Rand des Zusammenbruchs.

Was fühlt ein Mensch, wenn er weiß, dass er gehen muss? Sehnt er sich danach, dass seine Schmerzen endlich vorbei sind? Glaubt er an ein besseres Leben im Jenseits? Lässt er die Fehler, die er in seinem Leben gemacht hat, oder die schönen Stunden, die er erlebt hat, an sich vorbeiziehen?

Günna Brummer jedoch wollte nur eins: endlich die Wahrheit sagen, bevor er ging. Wohin auch immer.

Er war jetzt frei und starb, während Sommerberg seine Hand hielt.

»Er hat es hinter sich«, bemerkte die Krankenpflegerin, als sie die Maschinen abstellte. »Mein Beileid.«

Ein Arzt bestätigte Brummers Tod. Zwei Klinikmitarbeiter deckten ein Laken über die Leiche und schoben das Bett auf den Flur.

Sommerberg schlich in ihr Zuhause, schluckte zwei Schlaftabletten und legte sich zu Bett. Bevor sie einschlafen konnte, kam ihr das zehnjährige Mädchen von damals erneut in den Sinn, das plötzlich allein gewesen war, voller Angst und Selbstvorwürfe. Auf die Frage der Kleinen, warum ihre Mama sterben musste, hatte sie keine Antwort gewusst. Ihr blieb nichts anderes übrig, als alle Schuld auf den unbekannten Mann zu schieben. Dass dieser Mann vermutlich ihr Vater war, erwähnte sie nicht.

Olgas Panikattacken, wenn sie Feuer sah, wurden erfolgreich behandelt, genauso wie ihre Magersucht in der Pubertät. Sommerberg, die nie eigene Kinder haben wollte, lebte sich in die Rolle einer Mutter hinein – jetzt liebte sie Olga von ganzem Herzen.

Nach einigen Wochen in der Kinderpsychiatrie war Olga stabil. Die Freude am Leben kam langsam zurück. Das Jugendamt erlaubte, dass Sommerberg sie adoptieren durfte. Langsam erholte sich Olga vom Verlust ihrer Mama und führte ein fast normales Kinderleben.

Und jetzt kam das Vergangene zurück wie ein Faustschlag und alles war ganz anders.

Keine Männer mehr

Die Letzte, mit der Brummer über seine Tat gesprochen hatte, war Sommerberg. Oberstaatsanwalt Fahidi lud sie vor.

Dort erwartete sie eine Protokollführerin des Gerichts.

Nach drei Stunden hatte die Protokollführerin Günnas Aussagen gemäß Sommerbergs Bericht in einem Protokoll zusammengefasst.

Protokoll der Aussage von F. Sommerberg über das Geständnis des inzwischen verstorbenen Günna Brummer in der Mordsache Marie Bertoli. Frau Sommerberg versichert, die Wahrheit zu sagen, nichts zu verschweigen und nichts hinzuzufügen, was nicht der Aussage von G.B. entspricht. Frau S. berichtet Folgendes:

Ich kenne Günther »Günna« Brummer seit vielen Jahren. Er war ein empathischer, hilfsbereiter Mann, der sich um seine Mitarbeiter und Freunde kümmerte. So lernte er auch Marie Bertoli kennen, die mit ihrer zehnjährigen Tochter vor dem Kindsvater, dem inzwischen getöteten Josef Holzbichler, an die Baustelle des Emscherprojektes geflüchtet ist.

Er stellte Marie B. vor fünfzehn Jahren als Tänzerin in seiner Bar Grotte ein. Es entwickelte sich eine Freundschaft zwischen Günna B. und Marie B.

Als die Grotte aufgrund der Bauarbeiten am Phoenix-See schließen musste, unterstützte Günna B. sie und ihre Tochter weiterhin mit Geld, Lebensmitteln und einer Unterkunft.

Günna B. verliebte sich in Marie B. und machte sich Hoffnungen auf eine feste Beziehung. Er wusste, dass sie vom Vater ihres Kindes, dem katholischen Bischof Josef Holzbichler, als Minderjährige missbraucht, geschwängert und danach von ihm verfolgt wurde.

Günna B. machte Marie B. einen Heiratsantrag und er versprach, für sie und ihre zehnjährige Tochter zu sorgen und den Verfolger unschädlich zu machen.

Marie B. lehnte ab. Sie wolle mit Männern nichts mehr zu tun haben. Günna B. war enttäuscht, akzeptierte es aber. Er blieb ihr freundschaftlich verbunden, sorgte für sie und ihre Tochter Olga B.

Eines Nachmittags besuchte Marie B. mit einem jungen Mann namens Adam A. einen Eissalon am Phoenix-See. Zufällig entdeckte Günna B. das Paar und beobachtete beide. Er war außer sich, weil sich die beiden wie ein verliebtes Paar benahmen. Er betrank sich und verfolgte sie, als sie das Lokal verließen. Er hörte mit, dass eine Liebesnacht im Wohnwagen geplant war. Marie B. wollte das Bett bereiten, Adam A. einige Getränke besorgen. Günna B. war wütend, sehr verletzt und eifersüchtig. Er trank eine halbe Flasche Wodka, verbarg sein Gesicht hinter einer schwarzen Maske, überfiel A., als er auf dem Weg zum Wohnwagen war, und schlug ihn zusammen. Dann begab er sich mit einem Kanister Benzin zu dem Wohnwagen, kippte die Flüssigkeit gegen die Wände und entzündete sie mit einem Streichholz. Dieses Feuer verursachte den Tod von Marie B.

»Und jetzt?«, fragte Sommerberg. »Wie bringen wir es Olga bei, dass ihr Freund aus Kindertagen ihre Mama brutal ermordet hat und nicht der Bischof?«

»Wir müssen ihr die Wahrheit sagen«, antwortete Fahidi. »Und zwar, bevor sie es in den Zeitungen liest. Die Staatsanwaltschaft wird eine Pressemitteilung herausgeben – dann wissen es sowieso alle.«

Sie rief Olga an. Sie war inzwischen zu Hause – leicht angeheitert von einem Klassentreffen mit ihren früheren Schulkameradinnen.

Sommerberg kündigte an, in zehn Minuten mit Fahidi bei ihr zu sein. »Günna ist gestorben. Wir waren bei ihm, als es geschah.«

Die Wahrheit

Olga saß mit verweintem Gesicht auf dem Sofa. Sie hatte gewusst, dass Günna schwer erkrankt war, doch jetzt traf sie sein Tod dennoch unvorbereitet.

»Günna hat im Krankenbett, kurz vor seinem Tod, noch eine wichtige Aussage gemacht«, begann Fahidi. »Er hat ein weiteres Geständnis abgelegt.« Olga verstand nicht gleich und sah ihn fragend an.

Sommerberg setzte sich zu ihr aufs Sofa, nahm ihre Hand. »Meine liebe Tochter, Günna hat zugegeben, für den Tod deiner Mama verantwortlich zu sein.« Mit knappen Worten nannte Sommerberg die Fakten.

Stille. Dann schrie Olga, wie sie noch nie geschrien hatte.

Fahidi verabschiedete sich, nachdem das erste Entsetzen abgeklungen war. Die restlichen Stunden bis zum Sonnenaufgang verbrachten Olga und Sommerberg mit Gesprächen über die letzten fünfzehn Jahre.

»Lass uns schlafen«, schlug Sommerberg vor. »Die nächsten Tage werden anstrengend genug. Gib den Presseleuten kein Futter und geh ihnen aus dem Weg.«

Olga konnte nicht schlafen. In ihrem Hirn tobten die Erinnerungen: Mamas Überreste in einem Sarg, verscharrt in einem anonymen Grab. Die Bilder in ihrem Kopf waren eingebrannt für immer. Zum Glück gab es Günnas Initiative zur Errichtung des Erinnerungssteins, seinen Zuspruch und seine Freundschaft. Günna, der Freund. Günna, der Fels. Und jetzt Günna, der Mörder.

Wie hatte er es ausgehalten, so viele Jahre seine Schuld zu verschweigen? Wie konnte er ihr, wenn sie traurig war, irgendwelche Witzchen erzählen, um sie zu trösten?

Die Welt war eine einzige Lüge. Ein Bischof, der bewusst gegen die

Regeln der Kirche verstoßen hatte, weil er ein geiles Dreckschwein war, und trotzdem anderen Menschen eine religiöse Moral aufdrücken wollte, der er selbst nicht folgte.

Ein Szenewirt, der seine Wut nicht in den Griff bekam, weil eine junge Frau ihn abgewiesen hatte, sich furchtbar rächte und der es schaffte, sich jahrelang als Freund zu produzieren.

Was stimmte noch in dieser Welt? Ja, Sommerbergs Liebe und Fürsorge für sie war echt. Auch wenn sie nicht der mütterliche Kuscheltyp war, spürte Olga ihre Zuneigung. Das hatte sie davor gerettet, endgültig durchzudrehen.

Josef war schnell gestorben. Ein beherzter Schnitt mit einem scharfen Messer und der Fall war erledigt.

Günna hatte ein langes Sterben gehabt. Ein Sterben, das ihn dazu gebracht hatte, endlich den Mord an ihrer Mama zu gestehen.

Olga öffnete die Tür zum Balkon. Kühle Luft, funzelndes Licht und die Geräusche, die den neuen Tag einleiteten. Flugzeuge, die den Airport anflogen, Martinshorn. Aber auch Krähengekreische und der Lärm der Müllfahrzeuge: Sie packten die Tonnen, leerten sie aus und ließen sie mit ziemlichem Krach nieder. Ein neuer Tag am Phoenix-See begann.

Immer neue Sünden

In den nächsten Tagen beherrschten der Mord an Holzbichler und der Tod seines Mörders die Medienwelt.

Nachrichten, Quizsendungen und Reportagen wurden unterbrochen, um O-Töne von selbst ernannten Experten zu senden. Schlimmer noch waren die Interviews mit Anliegern am See nach dem Motto: *Ich hab es schon immer gewusst, Ich hatte gleich ein schlechtes Gefühl* oder *Früher wäre hier so was nicht passiert* und *Das konnte ja nicht gut gehen.*

Die wenigen Fotos, die die Artikel garnierten, zeigten Maries Stein, eine Blutlache auf dem Boden und Archivfotos: der See im Abendlicht, Krähen im Baum und Drohnenbilder mit Gesamtansicht.

Es gab auch ein Foto von der Szene, in der die Leiche des Bischofs nach der Freigabe durch das Gericht abgeholt wurde, um sie nach Bayern zu bringen.

So wahr mir Gott helfe!

Der Satz *Nichts ist älter als die Zeitung von gestern* war platt, aber er stimmte noch immer.

Die Vorwürfe gegen die Lichtgestalt der deutschen Kardinäle, Franz Hengsbach, Kardinal in Essen, wegen aktiven Missbrauchs minderjähriger Mädchen verdrängte die Causa Holzbichler nur kurzzeitig aus den Schlagzeilen. Hengsbach war längst verstorben und seine Opfer wohl auch. Es hieß, die Priesterbrüder Franz und Paul Hengsbach hätten 1954 eine minderjährige Jugendliche sexuell missbraucht. Das war fast siebzig Jahre her. Weitere Fälle befanden sich noch in der Recherche der Ermittlungskommission, die die Kirche bei solchen Fällen einrichtete.

Der amtierende Bischof in Essen musste zugeben, dass er von den Vorwürfen gewusst hatte – er bat öffentlich um Verzeihung. Er habe die Anschuldigungen nicht für plausibel gehalten und deshalb nichts unternommen. Er schwieg sogar noch, als eine Aufarbeitungsstudie zu sexuellem Missbrauch im Bistum Essen öffentlich vorgestellt wurde.

Gegen den Kölner Kardinal Woelki liefen fast zeitgleich Ermittlungen wegen mehrfachen Meineids. Er hatte Briefe an beschuldigte Mitbrüder verfasst, jedoch bestritten, sie geschrieben zu haben, und dies vor Gericht beeidet mit den Worten: »So wahr mir Gott helfe!«

Böses Tier

Zurück an den Phoenix-See: Günna Brummer hatte für den Fall seines Todes einen Anwalt als Testamentsvollstrecker eingesetzt und verfügt, dass seine Leiche verbrannt werden sollte – obwohl die katholische Kirche das nicht gern sah.

Die Urne sollte Sommerberg übergeben werden. Günna hatte sie notariell als Totenfürsorgeberechtigte bestimmt, die Kremierung bei einem Hörder Bestattungsinstitut bereits bezahlt und dort einen Brief an sie hinterlegt:

Sommerberg, du liebe Seele, es ist, wie es ist. Trauert nicht um mich und verdammt mich nicht. Ich hab genug gelitten und damit meine ich nicht diesen verdammten Krebs. Ich hab Marie geliebt und sie trotzdem vernichtet. Ihre Zurückweisung hat mich tief gekränkt, und der Alkohol hat mich zum bösen Tier gemacht. Meine Urne versenkt im Phoenix-See. Das ist zwar verboten, aber du, Sommerberg, wirst schon einen Weg finden. Bitte vergiss nicht, die Urne zu öffnen und mich zu verstreuen, sonst dümpelt die Urne oben auf dem See und ich kann die leuchtenden Fische nicht sehen. Ich hab euch alle lieb, nur den toten Popen von der verdammten Kinderfickerbande, genannt Kirche, den hab ich wirklich gehasst. Pass auf Olga auf, der ich so viel Kummer gebracht habe. Ich hoffe, dass sie mir irgendwann verzeihen kann. Verzeihen ist die beste Rache. Aber Verzeihen bewegt auch den Stein im Herzen.

Sommerberg las Olga den Brief vor. Sie lag im Bett, hatte die Nacht darüber gegrübelt, wie sie sich so in Günna hatte täuschen können. Sommerberg stellte zwei Kaffeebecher auf den Tisch. Olga griff danach, bekam aber die Tasse nicht richtig zu fassen. Ein Teil der braunen Flüssigkeit landete auf dem Tisch. Kreidebleich starrte sie den Fleck an. Er hatte die Form eines Kreuzes, das langsam auseinanderfloss.

Sommerberg ahnte, warum sie so schockiert war. Sie sprang auf und wischte die Tischplatte sauber.

»Das ist kein Zeichen von Gott«, beruhigte sie Olga. »Mit solchen Tricks arbeitet der da oben nicht. Hier hast du einen neuen Kaffee.«

»Danke, Sommerberg«, flüsterte Olga. »Danke für alles.«

Sommerberg hatte nie Kinder gewollt, aber die Gefühle, die sie für dieses verlassene Kind in den letzten fünfzehn Jahren entwickelt hatte, hatte sie nicht abwehren können und sich schließlich ergeben. Wer sich ohne Vorgaben öffnet, lässt oft das Ungebetene herein. In Olgas Fall hatte sich das Ungebetene in ihr Glück verwandelt.

Ein bisschen Kuss

Adam zog sich zurück. Der Strafprozess gegen Holzbichler würde nicht stattfinden, zu Olga und Sommerberg hatte er keine besonders innige Beziehung. Marie war lange tot und die Erinnerung an sie begann zu verblassen. Was also sollte er in dieser Stadt mit einem künstlichen See, den nicht leuchtenden Fischen und Menschen, die anderen die Kehle durchschnitten?

Er informierte Sommerberg über seinen Entschluss. Sie hatte Verständnis für ihn – er war noch jung genug, seinem Leben eine andere Richtung zu geben. Er buchte den Rückflug nach Krakau. Noch einmal würde er sich in das Gemälde von Leonardo da Vinci vertiefen, das Antlitz der Dame mit dem Hermelin bewundern und dann mit allem abschließen.

Der Flieger landete pünktlich. Er wartete auf seine Koffer, packte sie, ging Richtung Ausgang und nahm den Bustransfer Richtung Innenstadt. Zufällig setzte er sich einem Mann gegenüber, der eine polnische Boulevardzeitung las. Das Blatt berichtete über den Diebstahl eines Bildes von Leonardo da Vinci aus dem Czartoryski-Museum. Eines Bildes namens *Die Dame mit dem Hermelin*.

Jetzt hat mich dieser Pope doch noch ausgetrickst, dachte er.

Batista und die Inhaberin der Bestattungsfirma, eine attraktive, empathische Blondine, kannten sich seit vielen Jahren von anderen Todesfällen.

»Die Frau ist klasse«, erklärte er. »Die bringt jeden mit Anstand unter die Erde.«

Die Urne mit Günnas Asche sah aus wie ein schwarzer Eimer, verziert mit goldenen Eichenblättern und lateinischen Sprüchen. Auf einer Seite prangten die *Betenden Hände* von Albrecht Dürer.

Die Chefin erwartete sie schon. Sie war erfreut, Batista zu sehen. Sie schaute fragend zu Sommerberg.

»Frau Sommerberg ist die Totenfürsorgeberechtigte des verstorbenen Günther Brummer«, erklärte Batista. »Wir wollen seine Asche abholen, um sie in der Nordsee zu bestatten – wie er es verfügt hat.«

Sommerberg reichte ihr das Dokument.

»Wir fahren morgen zum Meer und bringen die Urne auf ein Schiff, und von dort wird sie ins Meer gegeben.«

»Dann unterschreiben Sie bitte diese Erklärung«, bat die Bestatterin und zog ein Papier aus einer Mappe. »Sie bestätigen darin, dass Sie die Asche bekommen haben und dafür sorgen werden, dass sie nach den amtlichen Vorschriften bestattet wird. Die Vorschriften stehen in der Erklärung.«

Sommerberg unterschrieb. Sie hatte gelogen, doch das war ihr egal. Günna würde im Wasser in seinem Hörde seine letzte Ruhe finden, aber keinesfalls im Meer. Batista packte die Urne in eine biologisch korrekte Tüte. Im Auto legte er das Paket auf Sommerbergs Schoß. Sie ergriff es und hielt es mit beiden Händen fest.

»Das also bleibt von uns übrig«, sinnierte sie. »Es riecht gar nicht nach Leiche, sondern nach einer Grillparty.«

Batista lachte. »Sommerberg, ich liebe dich. Deine skurrilen Scherze suchen ihresgleichen.«

»Tut mir leid«, schnippte sie. »Was hast du erwartet? Dass ich in tiefe Trauer verfalle?«

»Aber nein!«, beruhigte er sie.

»Unsere Materie bleibt, sie verändert sich nur«, entgegnete sie. »Irgendwann tauchen wir wieder auf ... als Schnecke, Vogel, Laus, Kellerassel oder gar nicht. Wir müssen es hinnehmen. Wir haben keine Wahl. Aber noch sind wir nicht dran.«

»Genau«, stimmte er ihr zu. »Dann lass uns die Zeit, die uns bleibt, genießen.«

Er küsste sie ein bisschen und startete das Auto. Sie lächelte.

Anordnung zum Schweigen

Die Kirchenverwaltung in Bayern ließ den toten Bischof in aller Stille beerdigen. Den Zeitungen war dieses Ereignis nur einen Einspalter wert mit einem Foto, das aus den Bildarchiven herausgekramt worden war.

In der Todesanzeige wurde ein Satz aus dem Matthäusevangelium zitiert: *Denn wenn ihr den Menschen ihre Verfehlungen vergebt, so wird euch euer himmlischer Vater auch vergeben.*

Der Kardinal formulierte einige warme Worte, die vom Diakon stellvertretend verlesen wurden.

Noch am Tag nach der Grablegung wurde der Bischofssitz von einer Entrümpelungsfirma unter Aufsicht zweier Priester geräumt. Als Holzbichlers Kontoauszüge entdeckt wurden, alarmierten sie den Kardinal.

»Bruder Josef war ein reicher Mann«, berichtete der Kirchenmitarbeiter. »Er hat nach den Unterlagen, die wir gefunden haben, ein Vermögen von mehr als einer halben Million Euro – die Häuser im Süden nicht mitgerechnet.«

»Erstaunlich«, kommentierte der Kardinal die Nachricht. »Die Kirche erbt, und wir können damit einige Pläne verwirklichen.«

»So einfach ist das nicht. Er hat laut Testament sein Vermögen einer Frau vermacht«, wandte der Diakon ein. »Sie heißt Olga Bertoli und ist angeblich seine Tochter. Als Beweis hat er einen positiven Vaterschaftstest beigefügt. Also bekommt die Tochter das Erbe – oder etwa nicht?«

»Sichern Sie die Papiere«, bat der Kardinal. »Und schweigen Sie.«

Schwarzer Bademantel

Egal, was ich mache, dachte Olga, es ist immer ein Schatten dabei. Ich will Gutes und bekomme neue Probleme, die oft noch schlimmer sind. Ich will meine Vergangenheit hinter mir lassen und sie verfolgt mich umso mehr. Was mache ich falsch? Wie kann ich meine Gedanken in die Richtung bringen, die mir Ruhe, Entspannung und vielleicht sogar Glück beschert? Sie trank einen Grappa, ließ ihn wirken und nahm noch einen. Endlich fror sie nicht mehr.

Sie hatte keine Ahnung, wie spät oder früh es war, der Sommer war vorbei. Sie nahm das Handy und rief Fahidi an. Es dauerte eine Weile, bis er sich meldete.

»Ich bin etwas betrunken«, warnte sie ihn. »Aber ich brauche dich. Kannst du zu mir kommen?«

Er schien kein bisschen überrascht zu sein. »Ich bin gleich bei dir. Schau aus dem Fenster und wenn du mein Auto siehst und ich blinke, dann komm nach draußen. Dann fahren wir zu mir.«

Olga lächelte. War sie übergriffig? Machte sie sich lächerlich? Aber das war jetzt auch egal. Sie wollte ihn sehen. Er schien der Einzige zu sein, bei dem sie Halt fand, und wenn er das nicht begreifen sollte, dann war es eben so. Wenn man nur noch fallen kann im Leben, ist es schon wichtig, wie man fällt – auf eine Müllkippe oder eine grüne Blumenwiese.

Jetzt war sie einfach verliebt. Max roch nach Mann, seine Art, selbst komplizierte Sachverhalte so zusammenzufassen, dass jeder sie verstand, sein Lächeln – all das faszinierte sie. Wenn er nachdachte – oder dozierte –, bildeten sich auf seinen Wangen senkrechte Falten, die verschwanden, wenn er wieder ernst wurde. Das sah so verdammt sexy aus!

Sie wollte Günna vergeben, dass er Mama getötet hatte, und konnte es nicht; sie wollte ihrem Vater vergeben, dass er Mama vergewaltigt hatte, und scheiterte. Aber wer vergab ihr? Ihre Mordgedanken gegen Josef zeigten, dass sie fast zu Taten in der Lage war, die sie nie für möglich gehalten hätte.

Sie konnte nicht vergeben, aber vergessen. Aber reichte das, um ein glückliches Leben zu führen?

Wenn Olga über Max sprach, glänzte ihr Blick.

Sie war fünfundzwanzig und hatte wenig Erfahrung mit Männern.

Olga wartete auf Max. Sie löste den Gummi aus ihrem Haar und kämmte es durch. Sie betrachtete sich im Spiegel. Das tat sie selten, denn sie fand sich nicht attraktiv. Mama war wunderschön, das war ihr klar.

Sie hatte von Marie das Dunkle mitbekommen, die Farbe des Haares, die leichten Wellen und die dichten Wimpern. Die Figur hatte sie von Holzbichler – schlank, aber nicht mager, gute Proportionen, die sie aber nicht betonte. Einfache Kleidung, kaum Schmuck und flache Schuhe. Das Theater, das viele Frauen um ihr Äußeres machten, war ihr fremd. Sie band sich das Haar im Nacken wieder zusammen. Er sollte bloß nicht glauben, dass sie sich für ihn herausputzte.

Da war er schon und ließ die Lichthupe in der Dunkelheit blinken.

Sie legte Sommerberg einen Zettel auf den Tisch mit der Bitte, sich keine Sorgen zu machen. »Ich bin in guten Händen« war da zu lesen. Diese guten Hände gehörten Max.

Max Fahidi hatte Brötchen gekauft und Kaffee gekocht. Olga lag in embryonaler Haltung auf der Wohnlandschaft – eingekuschelt in Decken. Ihre Hand krallte sich in ein Kissen und bewegte sich. Die Finger krampften und wurden bleich. Er legte seine Hand auf ihre und streichelte sie. Nach und nach entspannte sie sich, hob den Kopf und wachte auf. Sie sah ihm direkt in die Augen und lächelte.

Sie setzte sich auf – die dunklen Haare verwuschelt. Die Wangen rosa. Er war hingerissen von ihr, bemerkte aber ihre Befangenheit.

»Ich geh mal unter die Dusche.« Sein schwarzer Bademantel lag griffbereit und er zog ihn über. Als er sich nach ihr umdrehte, war er verwirrt. Sie wirkte ängstlich, atmete schwer und wich seinem Blick aus. »Was ist los?«

»Dieser schwarze Mantel ... erinnert mich an ...«

»An wen? An Holzbichler?«

»Weißt du eigentlich, warum Mama damals mit mir geflüchtet ist?«

Oh Gott, dachte er, bitte nicht. »Weil sie Angst vor ihm hatte?«

»Nein. Sie hatte Angst um mich.« Dann erzählte sie. »Wir wohnten damals in einer Wohnung in der Nähe von Josef. Ich war zehn Jahre alt und mochte ihn gern. Immerhin hatte er Mama einen Job in einem Lokal besorgt. An einem Tag musste Mama länger bleiben. Ich wusste das, denn sie hatte mich angerufen. Da es schon Abend war, wusch ich mich und legte mich ins Bett. Plötzlich kam Josef rein. Er hatte einen Schlüssel zur Wohnung und trug einen schwarzen Bademantel. Er fragte, ob er sich zu mir legen dürfte. Ich weiß noch, dass es mir komisch vorkam, aber er war ja mein Freund. Was sollte ich also dagegen haben?«

Wut kroch in Fahidi hoch. Diese Drecksau hat sie angefasst oder mehr.

»Er zog sich den Bademantel aus und legte sich neben mich, als Mama ins Zimmer kam und losschrie. Sie prügelte mit allem, was sie greifen konnte, auf Josef ein. Der flüchtete ins Badezimmer und hielt die Tür zu. Mama schloss die Tür von außen zu. Dann haben Mama und ich unsere Sachen zusammengesucht, alles in Josefs Auto gepackt und sind abgehauen. Und irgendwann sind wir hier gelandet.«

»Hast du dir keine Hilfe gesucht?«

Olga schüttelte den Kopf. »Ich war doch erst zehn und wusste gar nicht, was das alles bedeutet hat.«

»Und dann hast du mich in diesem Bademantel gesehen ...«, murmelte er. »Tut mir leid.«

»Was Josef Mama angetan hat, hab ich erst später erfahren, und auch, dass er mein Vater ist. Seitdem hasste ich ihn und träumte davon, ihn zu bestrafen. Für das, was er Mama als Kind angetan hat. Und später, als ich dachte, er hätte Mama getötet. Oft habe ich mir seinen Tod ausgemalt. Ich wollte es sogar selbst tun ... ihn im See ertränken. Bin ich jetzt ein böser Mensch?«

Fahidi nahm ihre Hände. »So böse, dass du keinen Kaffee mehr bekommst, bist du nicht. Darf ich dir ein Frühstück offerieren?«, scherzte er.

Olga machte ihr Handy empfangsbereit und holte sich die verpassten Anrufe aufs Display. Sommerberg hatte sie einige Male vergebens angerufen. Sie meldete sich bei ihr.

»Ich bin noch bei Max. Ist alles okay?«

»Du hattest Besuch, ich musste ihn aber wieder wegschicken. Es war ein Anwalt, der sich als Nachlassverwalter der verstorbenen Eminenz Josef Holzbichler vorstellte.«

Olga war überrascht. Was gab es noch zu besprechen? »Hat er gesagt, was er will?«, fragte sie.

»Nein, ich hab ihn gelöchert, aber das brachte nichts. Er kommt gegen vier Uhr noch mal hierher.«

Nach dem Duschen liebten sie sich erneut. Fahidi erkannte sich nicht wieder. Bisher hatte er bei intimen Dates mit Frauen nur auf seine eigene Befriedigung geachtet, um danach dafür zu sorgen, dass sich die Damen so schnell wie möglich davonmachten. Aber hier war es anders. Er wollte noch nicht darüber nachdenken, was es war, sondern nur fühlen. Ob Olga ähnliche Empfindungen hatte? Ob das Liebe war? Er konnte es nicht einschätzen.

Halleluja!

Der Testamentsvollstrecker für Holzbichlers Nachlass war pünktlich. Holzbichler war zu schlau gewesen, um der eigenen Kirche und ihren gierigen Handlangern zu vertrauen. Er kannte sie nur zu gut, denn er war ja einer von ihnen. Das Barvermögen hatte er komplett seiner Tochter Olga Bertoli vermacht.

»Das wird die Kirche so nicht hinnehmen«, sagte Sommerberg. »Das wird ein langer Rechtsstreit.«

»Beim Tod eines Priesters erbt die Kirche«, antwortete der Anwalt. »So sieht es das Kirchenrecht vor. Das staatliche Recht steht aber über dem Kirchenrecht. Das heißt, dass Frau Bertoli das Geld bekommt. Der Bischof hat als Beweis seiner Vaterschaft zudem ein Vaterschaftsgutachten beigebracht, das unanfechtbar ist. Die Kirche kann also keine Ansprüche erheben, zudem hat sie Angst, dass die Sache erneut in den Medien breitgetreten wird und neue Fragen gestellt werden – nämlich wie Holzbichler an ein so erhebliches Vermögen gekommen ist. Es gibt Gerüchte über Schmiergeldzahlungen beim Verkauf des Klosters an eine dubiose Sekte. Der Kardinal will Ruhe in Bayern. Die katholische Kirche hat gerade nicht den besten Ruf in unserer Gesellschaft. Ich rate Ihnen, die Erbschaft anzunehmen, Frau Bertoli.«

»Um wie viel Geld handelt es sich denn?«, fragte Olga.

»Etwa eine halbe Million Euro.«

»Halleluja!«, rief Sommerberg aus.

»Ich weiß nicht, ob ich das Geld annehmen kann«, sagte Olga.

»Warum das denn nicht?«, fragte Sommerberg entsetzt.

»Weil es aus dunklen Quellen stammt.«

»Wenn Sie das Erbe ausschlagen, bekommt die Kirche die halbe Million«, stellte der Testamentsvollstrecker klar. »Wollen Sie das etwa?«

Eine Entscheidung

Am Abend spiegelte sich die Sonne im See, die Wolken waren rot und der leichte Wind wehte den Lärm später Besucher hoch zu Maries Stein. Dorthin war Olga geflüchtet, um über alles nachzudenken.

Sommerberg hatte mit ihr geredet wie mit einem störrischen Esel. Doch keins ihrer Argumente fiel auf fruchtbaren Boden.

Plötzlich grummelte es im Himmel. Als sie ihre Hand auf den Stein legte, knallte es. Kurz danach ergoss sich literweise Regenwasser über das Gelände. Im Blitz strahlten die Tropfen wie Diamanten.

Olga hob die Hände, öffnete den Mund und ließ sich nass regnen. So nass, wie sie noch nie in ihrem Leben gewesen war. So nass, dass alles Böse, Verdammte und Traurige von ihr abgewaschen wurde. So nass, dass sie fast ertrunken wäre.

Plötzlich tauchte Max Fahidi auf. »Regnet es etwa?«, fragte er verwundert.

»Wie kommst du darauf?«, antwortete sie. »Das sind meine Tränen.«

»Warum weinst du?«

»Vor Glück. Ich erbe eine halbe Million Euro.«

»Ich weiß. Der Testamentsvollstrecker hat mich angerufen. Er wollte sich vergewissern, dass nichts gegen dich vorliegt. Wir hatten ein gutes Gespräch.«

Es hatte zu regnen aufgehört. Der Wind blies und kühlte das Wasser.

Max Fahidi entledigte sich seiner wasserdichten Jacke und legte sie Olga um. »Und jetzt ab ins Bett!«, befahl er.

Sie fuhren zu Fahidis Wohnung – klitschnass, mit roten Wangen und vor Kälte bibbernd.

Von dort rief sie Sommerberg an. Die fragte sofort: »Und? Hast du eine Entscheidung getroffen?«

»Ja. Ich werde das Erbe annehmen. Allein schon, um diese Kirchenbonzen zu ärgern.«

Sommerberg jubelte. »Gut so! Du bist mein Mädchen.«

Günna will schwimmen

Es wurde Zeit, Günna Brummer zu verabschieden. Der Abend kam immer früher und mit ihm verschwand das Licht. Dauerregen erweichte die Erde zu Schlamm, sterbende Blätter von Bäumen und Sträuchern taumelten im See, Eichhörnchen rupften Nüsse und Beeren von den Zweigen und brachten sie in ihre Winterverstecke.

Batista und Sommerberg waren auf der Suche nach einem Platz am Ufer, an dem sie Günnas Asche dem Wasser des Sees übergeben konnten – möglichst, ohne Aufsehen zu erregen.

Der Weg, der den See umrundete, eignete sich kaum, denn minütlich sausten Skateboardfahrer vorbei.

Batista hatte schließlich die zündende Idee. »Wir setzen uns zur Thomas-Birne, direkt ans Wasser, breiten eine Decke aus, als wollten wir ein Picknick machen, und schütten Günna rein. Den Aschepott lassen wir dann irgendwie verschwinden. Und fertig.«

Sommerberg fand den Plan gut. »Ich besorge Getränke und was zu essen, damit es wirklich nach Picknick aussieht. Und jetzt lass uns zu *Günnas Schmackes* gehen und was trinken, falls es geöffnet ist.«

Hatte es. Heinrich Habulski, Günnas alter Weggefährte, räumte gerade die Sonnenschirme weg und fegte die Blätter von den Tischen.

»Ja, da guckt ihr«, begrüßte er die beiden Besucher.

Als er ihre fragenden, verblüfften Mienen bemerkte: »Dat *Schmackes* gehört jetzt mir. Hat Günna so gewollt. Er hat mir das Teil vererbt. Ich werd den Schuppen in Ehren halten. Was dagegen?«

Niemand hatte etwas dagegen.

»Kommt rein«, schlug Habulski vor. »Hier plästert es gleich wieder. Wir trinken eins auf Günna. Oder zwei. Geht alles aufs Haus.«

Taumelei

Drei Menschen und eine Urne. Sommerberg, Batista und Habulski. Sie hatten sich doch nicht für die Thomas-Birne entschieden, sondern für ein Boot aus Günnas Nachlass, mit dem man den See befahren durfte. Das Wetter war zu schlecht und ein Picknick an der Birne wäre aufgefallen. Die Idee mit dem Boot kam von Habulski. So war man sicher vor Zeugen.

Sommerberg öffnete die Urne, hob sie über den Bootsrand und versuchte, die Überreste ins Wasser zu schütten. Doch die Asche war feucht, klebte und es waren feste Stücke entstanden.

»Mensch, Günna, mach keinen Stress«, schimpfte Sommerberg, griff beherzt ins Innere der Urne, lockerte den Inhalt und warf ihn ins Wasser.

Sommerberg gruselte es plötzlich. Sie hatte den Geruch von Günna in der Nase – eine Mischung aus Schweiß, Alkohol und verbranntem Fleisch.

Gut, dass Olga nicht dabei ist, dachte Sommerberg, manche Dinge muss sie echt nicht erleben.

»Tschüss, Kumpel.« Habulski – in der schwarzen Paradeuniform eines Bergmanns – stand auf und salutierte. Über sein Gesicht liefen Tränen.

Die anderen erhoben sich ebenfalls, hielten sich an den Händen und der eine oder andere Schluchzer ertönte. Ein Soap-Regisseur hätte für diese Szene den Grimme-Preis bekommen.

Günnas Asche dümpelte in verschiedene Richtungen, die Urne taumelte im Rhythmus der Wellen. Bald würde sie auf dem Grund landen, niemand würde jemals wissen, was sie enthalten hatte.

Der Wein vom Stahlwerk

»Und jetzt?«, fragte Batista.

»Mir ist kalt«, sagte Sommerberg.

»Da weiß ich was gegen«, behauptete Habulski. »Kommt bei mich bei. Wir heben einen.«

Als er Sommerbergs skeptische Miene sah, winkte er ab. »Günna hätte es so gewollt.«

Das klang überzeugend. Einem Schnäpschen war der Tote nie abgeneigt gewesen.

Der Weg zur Kneipe war nicht weit, Habulski ging voran.

Im Schankraum holte der Wirt keine Pulle mit Korn oder Whiskey, sondern eine schlanke grüne Flasche mit Weißwein. Auf dem schlichten weißen Etikett stand in schwarzer Schrift *Phoenix*.

»Das ist die neue Plörre vom Weinberg am See!«, erklärte Habulski stolz. »Gibbet nicht zu kaufen. Aber ich hab eine geschenkt gekriegt. Und wisst ihr wat? Die pfeifen wir uns jetzt rein. Für unsern Günna.«

Er stellte drei Wassergläser auf die Theke, öffnete die Flasche und goss ein.

»Madame kostet zuerst.«

Sommerberg hielt den Wein gegen das Licht. Das Glas war beschlagen, die Farbe hell. Sie schnupperte und probierte. Ja, es war trockener weißer Wein. Frisch, leicht säuerlich, mit einem Hauch von Zitrone. Sommerberg legte den Kopf in den Nacken und prüfte den Wein.

»Sehr lecker. Den könnt ihr trinken. Auf dich, Günna!« Sie hielt das Glas Richtung Wasser.

»Komm gut rüber, wo immer du hinwillst«, stimmte Batista mit ein.

Kleiner Applaus. Habulski holte eine weitere Flasche aus dem

Regal. Da war etwas Stärkeres drin als Weißwein aus Dortmund-Hörde.

Olga fragte nicht nach Günnas Asche, und Sommerberg erzählte nichts. Auch sonst war er kein Thema mehr. Sie war oft mit Max Fahidi zusammen, und das tat ihr gut. Sie war entspannt, konnte wieder lachen und plante ihre Zukunft.

»Ich will Psychologie studieren«, überraschte sie ihre Adoptivmutter eines Morgens.

»Das passt«, kommentierte Sommerberg. »Du kennst ja jetzt schon genug seelisch Gestörte, an denen du üben kannst.«

Epilog

Die einen gingen, die anderen kamen. Kaum ein Restaurant oder ein Café hielt sich lange am Phoenix-See. Apotheken machten dicht, Fast-Food-Ketten und Pizzerien sorgten dafür, dass die Preise auch für Besucher ohne Riesenvermögen erschwinglich wurden.

Es gab viel Kritik, aber eins mussten die Lästerer zugeben: Die alten, fast schon verfallenen Gebäude rund um den See wurden renoviert, die SPD im Stadtrat forderte erfolgreich den Bau von Sozialwohnungen und sogar ein Luxusaltenheim, das sich *Residenz* nannte, bekam viel Zuspruch.

Olga und Fahidi fühlten sich hier wohl. Sommerberg und Batista verwirklichten ihren Traum und siedelten in die Provence über.

Olga hatte mit dem Geld aus Holzbichlers Erbschaft eine Wohnung gekauft und rund um Maries Stein einen Zaun errichten lassen.

Max Fahidi war inzwischen Leitender Oberstaatsanwalt. Sein besonderes Interesse galt den Verbrechen der katholischen und auch der evangelischen Kirche.

Die Hinweise auf die zahlreichen Straftaten der Vertreter der Kirche hörten nicht auf, die Empörung darüber auch nicht. Immer weniger Menschen besuchten Messen oder Gottesdienste. Der Neubau einer seit Langem geplanten Kirche in Hörde wurde gestoppt, und man munkelte, dass ein schwedisches Möbelhaus das halb fertige Gebäude kaufen und als Lager nutzen wollte.

Das alles lief an Olga und Fahidi vorbei. Sie kümmerten sich um ihr Zusammensein und wurden glücklich.

Dann bekam Olga eine herrliche Nachricht vom Frauenarzt: Sie war schwanger!

»Jetzt wird alles gut!«, jubelte sie, nachdem sie ihren Mann informiert hatte. »Der Phoenix ist aus der Asche auferstanden. Er hat es trotz Sünden, Zerstörung und Trauer geschafft. Wenn es ein Mädchen wird, nennen wir es Marie, ja?«

Max Fahidi lächelte, küsste sie und streichelte ihren Bauch.

Auch Heinrich Habulski war zufrieden: Er hatte das Café, das sich zu einem gern besuchten Entspannungsort gemausert hatte, umgetauft – es hieß jetzt *Zu den leuchtenden Fischen.*

Dank ...

... an meine Freundin Jutta Geißler-Hehlke, meine Erstleserin.

Die Grappa-Reihe von Gabriella Wollenhaupt im Überblick

grafit

grafit

Lust auf weitere Lektüre?

Gabriella Wollenhaupt/Friedemann Grenz
Fräulein Wolf und die Ehrenmänner
ISBN 978-3-89425-781-1
Auch als E-Book erhältlich

Packender Politkrimi mit realem Hintergrund

Berlin 1930: Die jüdische Reporterin Leonore »Leo« Wolf zieht in die Hauptstadt, um beim Sozialdemokratischen Pressedienst zu arbeiten. Als ein sechzehnjähriges Mädchen des Mordes an einem Uhrmacher angeklagt wird, der mit Nacktfotos von Minderjährigen Geschäfte machte, übernimmt Leo die Prozessberichterstattung. Da auch Nazis zu den Kunden des Getöteten gehörten, gerät sie schnell ins Visier der NSDAP – und die brutalen Schikanen lassen nicht lange auf sich warten. Hilfe erhält Leo durch den Verleger Valentin Winterstein, einen weltgewandten und äußerst attraktiven Mann, mit dem sie sich Hals über Kopf in eine Affäre stürzt. Doch der berüchtigte Frauenheld spielt ihr gegenüber nicht mit offenen Karten ...

grafit

Fesselnd und wendungsreich

Gabriella Wollenhaupt
Ein böses Haus
ISBN 978-3-98659-005-5
Auch als E-Book erhältlich

Eine junge Frau, die die Wahrheit sucht. Und ein
Kriminalkommissar, der den Verstand verliert.

Hat die zehnjährige Lilli ihre schlafende Mutter getötet? Die Spurenlage
lässt keinen anderen Schluss zu, aber die Staatsanwaltschaft stellt die
Ermittlungen ein – denn Lilli schweigt und ist nicht strafmündig. Alix, die
Schwester der Toten, zweifelt an der Schuld ihrer Nichte und recherchiert
auf eigene Faust unter den Bewohnern des Hauses, in dem die Verstorbene
gelebt hat. Nach und nach wird Alix klar, dass das Motiv für den Mord in
der Vergangenheit ihrer Schwester liegen muss – und einige der Mieter kein
Interesse daran haben, dass es gefunden wird ...

*»Mit der Lösung des Falls überrascht die Autorin garantiert
jeden Krimifreak.«* Westfälische Nachrichten

grafit